神様の定食屋❹

ハレの日のさじ加減

中村颯希

双葉文庫

お品書き

● 一皿目　玉ねぎの本分……3
● 二皿目　犬猿のアジフライ……69
● 三皿目　ぼくのふりかけ……146
● 四皿目　あさりの味噌汁……225
● ハレの日のさじ加減……290

一皿目　玉ねぎの本分

　ガラッ。カラカラ。ガラララ。

　定食屋「てしをや」の引き戸が、忙しなく開閉をくり返すたびに、陽光に温められた春風がふんわりと流れ込んだ。

「いらっしゃいませー！」

「どうもありがとうございましたー！」

　入る客と去る客とが、ひっきりなしに入れ替わる。

　外はまだ少し肌寒いというのに、店内を走り回る俺は、軽く汗ばむほどだ。

　一度に三人への配膳を済ませ、ついでにテーブルを拭いて厨房に戻ってきた俺は、妹の志穂がちょうど揚げ物の盛り付けを終えたのを見て、上機嫌に話しかけた。

「いやぁ、今日も繁盛、繁盛。ミニコミ誌の力ってのは、すごいよなあ」

「ね。まあ、一緒に載せたクーポンのおかげかもしれないけど。これをきっかけに、お客さんをしっかり掴めたらいいよね。――はい、南蛮二つと黒酢野菜一つ」

　次から次へと降ってくる注文を捌いている志穂は、ひねくれた物言いで応じる。だが、唇の端は楽しげに持ち上がっていて、この状況を楽しんでいることが伝わってきた。

俺もまた、「ほいよ」と付け合わせの野菜をあしらって、意気揚々と配膳作業に戻った。

「お待たせしました。チキン南蛮定食と、黒酢野菜定食、雑穀米です」

テーブルで待つのは、友人同士で楽しげに顔を寄せ合う女子大生たちだ。

新学期ならではの初々(ういうい)しさを漂わせた彼女たちは、呼びかけにぱっと振り向くと、口々に「はーい」とか「私でーす」などと答え、盆を受け取る。

皿の中身を覗(のぞ)き込むや、「わあ、美味(おい)しそう」と目を丸くし、きゃっきゃとはしゃぎ出す彼女たち。華やいだ声は、そこだけでなく、あちこちのテーブルから聞こえた。

そう。サラリーマン客が多かった「てしをや」だが、二ヶ月ほど前、近所の女子大が刊行しているミニコミ誌の取材を受けたところ、大学生客が急増したのだ。

べつに、相手が女の子だからといって鼻の下を伸ばすつもりはないのだが、配膳の際、にこにこしながら「ありがとうございまーす！」なんて語尾を上げられると、ついこちらも「ごゆっくりお召し上がりくださーい！」なんて、語尾を上げて返したくなってしまう。

お客さんが女性同士だと、「おいしい」「わあ」などと、料理に対してリアクションを示してくれることが多いし、しかも、クチコミの力で、本当に次から次へと、新規客を呼び込んでくれるのだ。

率直に言って、嬉(うれ)しかったし、ありがたかった。

「すみませーん、お会計お願いします」

「お水もらっていいですかー？」

ただし、いちどきに客が増えすぎて、ここ最近は目の回る忙しさだというのが、難点といえば難点だが。

「あ、哲史(てつし)さん！　私やります」

でも大丈夫。春という新しい季節を迎えた「てしをや」には、この忙しさに向き合うための、新たな切り札があった。

「ありがとう、小春(こはる)ちゃん」

「はい！」

明るい声で返事をしながら水を配り、迷いなくレジ作業を開始する、小柄な女性。

彼女こそがその切り札――春休みから「てしをや」にバイトとして加わった、西本(にしもと)小春であった。

小春ちゃんは、この近くにキャンパスを構える女子大の三年生。

まさにミニコミ誌で「てしをや」を知り、店内の張り紙を見てバイトを申し込んでくれたのだ。

大学の近くに下宿しているから時間に余裕があるということで、昼時の忙しい時間帯に週三日もシフトを入れてくれているし、飲食店バイト経験者ということで、新入りなのに、俺以上に動きに迷いがない。

明るい茶色に染めた髪を、ふわふわとおしゃれなポニーテールにまとめ、笑顔でせっせと動き回る彼女には、小動物めいた愛らしさがあって、早くも「てしをや」の新たな人気者になっていた。

「あっ、志穂さん。雑穀米、減りが速いみたいなので、よければまぜておきましょうか？」

「わあ、助かる！　お願いできる？」

「はい！」

小春ちゃんがすごいのは、こちらが言う前に仕事を見つけ出して、控えめながら切り出してくれるところだ。遅刻もしないし、常に笑みを絶やさない。

たった数日ですべてのメニューの盛り付けを覚えてしまったし、さらには真面目だ。

俺たちはなんの注意もしていないというのに、「接客業なので」とバイト中はピアスを外すほどの律儀さである。

志穂とは同い年のはずだが、しっかりとこちらを立ててくれるので、強気な志穂もストレスなく付き合えているようだった。より正直に、気の利かない兄の俺よりも頼りにしていると言っていい。

小春ちゃんは、手際よく会計を終えると、お客さんを見送りがてら、外にいた待機客に声を掛け、席に誘導し、お勧めメニューを明るい声で伝え、ついでに空いている皿のいくつかを下げ、さらには各テーブルの爪楊枝やメニュー表に不足がないかを確認してから、厨房へと戻ってきた。本当に、なんて頼もしいのだろう。

「美味しいねー」

「うん、今度ほかの子も誘ってみようよ」

店は笑顔のお客さんで賑わっている。内容にも満足してくれているようで——なにしろ志穂がこだわるので、「てしをや」の定食は赤・緑・黄の三色が揃った、いかにも栄養満点の見た目をしている——、幾人かはスマホを取り出して撮影までしていた。

こんなに好反応だと、いい気分になってしまうな。

今後は、女子大生のお客さんが写真に撮って、つい周囲に広めたくなるような、いわゆる「映え」を意識したメニューに挑戦してみてもいいかもしれない。

付け合わせの野菜をキャベツの千切りからカラフルなサラダにするとか、もう少し暑くなったら、タイ風とかベトナム風のメニューを取り入れてみるとか。

エスニックって、おしゃれだもんな。

志穂のやつは頭が固いから、「お父さんたちが守ってきた店の味を」とか「家庭料理にエスニックは合わない」だとか古風なことを言って反対するだろうか。

いやいや、あいつだって前に、裏メニューを作りたい、みたいなことを言っていたから、お客さんを喜ばせる試みは歓迎かもしれないぞ。

定食屋を継いで、一年半。

業務が回せるようになると、手を動かしながら考えごとだってできるようになる。

俺は、延々とやって来るお客さんを次々に捌きながら、心身ともに余裕を残した状態で昼の部、そして夜の部の営業を終えた。

＊＊＊

がろん、がろん。

夜の境内に、鈴の優しく籠もった音が響いた。

四月も中旬となると、夜風はぬるく緩んで、体の輪郭が曖昧になるような、内側にあったものがふと外に溢れ出しそうな、不思議な高揚を覚える。

どこか落ち着かない所作で、二礼二拍手までを済ませた俺は、両手を合わせたまま御堂を見つめ、へらりと笑み崩れた。

「いやあ、春ですねえ」

いまだ御堂は光らず、神様が聞いているかどうかはわからない。

だが、頬に浴びる夜風は柔らかく、月はおぼろに霞み、店の客入りは今日だって大満足。

目立ったミスもなく業務を終え、俺は非常にいい気分だった。

しかも今日は、あまり筆まめではない彼女の夏美からも、三回もメッセージが届いた。

女性客に受けるような、エスニックメニューを考えたいんだけどどうだろう、と相談したら、珍しくすぐに返事が来たのだ。

内容は、「うーん、『てしをや』でエスニックはしなくてもいいんじゃない？」と否定的なものだったので、一瞬落ち込んだが、その後に続いた「浮気はだめっ」と、アルパカが×マークを作っているスタンプを見て、気分が急浮上した。

夏美が恋愛感情を表現することは少ないけれど、でもだからこそ、やきもちを愛らしく伝えるスタンプを彼女が持っていて、しかも使うことがあるんだと思うと、「ほぉ～」と言いたくなる。ほぉ～。

その後、俺があえて反論を無視して、「ベトナム風かな、それともタイ風かな」と送れば、夏美は律儀に「話聞けー！」と突っ込んでくれるし、「あまり辛くないほうがいいとは思うんだけど」とすっとぼければ、諦めたように「それはそう」と返してくれる。嬉しくなった俺は、調子に乗って閉店間際のスーパーでパクチーとベトナム産輸入ビールを購入し、神社に足を伸ばしてしまった、というわけだった。

ナンプラーみたいに、使いきるのに時間が掛かるものを許可なく買ったら、志穂に怒られてしまうだろうが、ビールとパクチーなら、たぶん俺一人で胃袋に収められるだろう。

後で写真に撮って夏美に送ったら、いったいどんな突っ込みが来るだろうか。

「じゃーん、見てくださいよ。見たことあります、これ？　パクチーって言うんですけど。

いや、さすがに剥き出しで神社にパクチー供えるのは変か。ビールならいいかな」

がさがさとビニール袋を揺らし、二本買った缶ビールのうち、一本を賽銭箱横に供える。

艶やかな銀色の缶が、春の夜気をまとって、しっとりと汗をかきはじめる——そんなささやかな光景まで、なぜだかこの上ない情趣を湛えているように思えて、俺は柄にもなく、しみじみと月を見上げた。

「春だなぁ」

店は繁盛。人間関係は良好。空には満月。

夜気は、足が一センチだけ地上から浮いてしまうような、妙な温かさを含んでいる。

まさに、春。

「満ち足りてる……俺の人生、今が満月。なんかもう、藤原道長の気持ち、わかるぜ」

ふっと笑い、思いつく中で最も教養深い独白を決めた、そのときだ。


——たわけ。


ぼうっと御堂が光った。

「神様！」

そう、もはやおなじみ、神様の登場だ。といっても、声だけだが。

最近は店が忙しかったせいで、神社に詣でる頻度が落ちており、また神様のほうも、気まぐれに現れたり現れなかったりするので、声を聞くのは、かれこれ二ヶ月ぶりになるだろうか。

感覚としては、出張続きだった常連客が久々に店にやって来てくれたときの喜び、というのに近い。

俺はビニール袋からいそいそと自分の缶ビールを取り出し、賽銭箱脇に置いたもう一本に、こつんと軽くぶつけた。

乾杯の代わりだ。

「お久しぶりじゃないですか。さては、このビールに釣られて出てきたんでしょう」

——おまえときたら、すぐに神を飲んだくれのように……。だが初めて見る缶だ。外国のものか。

ほらね。

ベトナム産ビールに神様が興味津々なのを悟って、ほくそ笑みそうになってしまう。

自分が日本酒党だから、つい日本酒を供えがちだけど、たまにはこうしてほかの酒を供えたほうが、マンネリ解消にはよいのかもしれない。

センスを褒められたような気のした俺は、得意になってビールを勧め、ついでに、最近店に女子大生のお客さんが増えたことや、おしゃれなエスニックメニューを検討していることなどを説明した。

——ほう。エスニックとなあ。

「そうなんですよ。なにしろ今、『てしをや』は、新たなる季節を迎えたわけですから。この新規客をがっちり逃がさないようにしないと。若い女性も気軽に訪れられる、ちょっとおしゃれな定食屋。いいと思うんですよねえ」

神様がふむふむと聞いてくれるので、ますます気分が乗ってきてしまった。

「神様にも会えたし、挑戦したいこともある。なんか今、すごく乗ってる気がするな。これぞ、望月の心地ってやつですよ。この世の春！」

——望月の歌が詠まれたのは秋だし、月はいずれ欠けるがな。

こちらが上機嫌に両手を広げるのとは裏腹に、神様は意地悪く混ぜ返す。

だが、すっかり浮かれ気分だった俺は、優しい笑みを浮かべて、それを受け流してやることにした。

「神様の塩対応も、見逃して差し上げましょう。なにせ今の俺は満ち足りていますからね。人を穏やかにし、他者に手を差し伸べさせる季節。それが春ですよ」

――春というのは、命が蠢きはじめるからこそ、不穏なことも起こるのだがなあ。

したり顔の俺に、神様はなんとなく釈然としない様子だったが、「まあよい」と気持ちを切り替える素振りを見せた。

――おまえがそんなに他者に手を差し伸べたいと言うなら、差し伸べさせてやろうではないか。

「え」

にわかに風向きが変わったのを、敏感に察する。

そうとも。神様との付き合いも、はや一年半。ちょっとした隙や失言を拾い上げては、流れるように魂を憑依させようとする相手のやり口を、俺は熟知していた。

「さーて、今日はもう帰ろうかな。パクチーを使った料理の研究もしたいし。うん」

べつに協力するのにやぶさかではないが、今夜はもう少し、この浮かれ気分を楽しんでいたかった。

鳥居に向かって、くるりと踵を返したのだったが、

——まあ待て。食材とにらめっこするばかりが料理の研究というわけでもあるまい。先達から実地で使い方を学ぶ、そうした方法も有益とは思わんか。

時すでに遅く、鳥居の下には白い靄が凝りはじめていた。

出たよ！

「何度も言うんですけどね。べつに頼られるのはいやじゃないですけど、もう少し事前にお伺いというか、前振りみたいなのを、してくれないもんですかね？」

——したではないか。

「はい？」

靄はどんどん濃度を増して、次第に人型をまとってゆく。

服や肌ごとに質感が区別されていき、やがて、彫像に内側から絵の具を流し込んだかのように、じわりと色が広がっていった。

今回は、どっしりとした体つきの女性だ。

足に張り付くタイプのジーンズに、薄手のトップスを身に付けている。服装は若々しいが、年は——六十かそこらだろうか。

おばあさんと呼ぶには少々若すぎる、溌剌とした印象のおばちゃんである。

明るめの茶色に染めた髪と、厚めの唇。少し彫りの深い顔立ちに——ん？

夜目にはわかりにくいが、ずいぶんと日焼けしているような。

『こんばんワ。お世話になりますネ。私、フォンです。藤岡フォン。ベトナム出身ネ』

「ベトナム人ー⁉」

エコーの掛かった声で、にこやかに挨拶を寄越したフォンさんに、俺は思わず叫んでしまった。

考えてみれば、すでにフランス人のジルさんという前例もあるわけだが、いやしかし、ベトナムってたしか仏教国ではなかったか。神社を構える神様が、キリスト教徒やら仏教徒やらにほいほいと手を貸してよいのだろうか。

「こ、これが、グローバル社会……？　あ、この神社は元々寺だったたから？」

『あっ、それ、ベトナムのビールですネ。私も好き。パクチー、なんで持っていますか？』

戸惑う俺をよそに、フォンさんは人なつっこい様子でしげしげと俺の荷物を見回し、首を傾げる。

ついで、俺の答えも待たずにあっさりと疑問を手放すと、『さて』と両手を広げた。

『お願いしますネ！』

「ええぇ！」

総じて展開が早いぞ！

「えっ、でもあの、心の準備が！　というより、食材の準備も！」

言葉が通じるのはありがたいが、フォンさんが未練を晴らすための一品がベトナム料理だったら、材料を手に入れるのも大変そうだ。

ベトナム料理といったら、やはりフォー？　あとは、ナンプラー？　店にそんなの置いてないぞ。どうしよう、スーパーはさっき閉店してしまったのに。

『大丈夫、大丈夫』

「えっ、でも」

フォンさんは、後ずさる俺にぐいぐいと近付く。

――ふわん。

次の瞬間、優しく籠もった音が境内に響いた。

（おお、これがフュージョンですネ！　背、高いですネ！）

視界が変わったのが興味深いらしく、フォンさんはきゃっきゃと声を上げている。興奮でか、ベトナム語でまくし立てるが、残念ながら俺には彼女がなにを言っているのかわからなかった。

まごまごとしていると、フォンさんはなにもかも心得たような笑みを浮かべ、俺の手を使ってぐっと拳を握った。

（大丈夫。私に任せるネ）

もう敬語も取れはじめている。

一息に距離を詰めてくるフォンさんに、こちらは遠い目をして満月を仰ぐばかりだ。

「思うんですけど、回を重ねるごとに、合意形成というか、前振りが雑になってきていませんか」

――なにを言う。

ぼやきに対して、神様は片方の眉でも引き上げていそうな口調で応じる。

――パクチーの使い方を学びたい。おまえのほうから、それは丁寧（ていねい）な前振りをしてきただろう？

俺ががくりと項垂(うなだ)れると、パクチーを突っ込んでいたスーパーの袋が、がさりと軽い音を立てた。

＊＊＊

（結局ネ。運転中に慌てるのって、絶対だめ。バイク、ひっくり返るネ。ほかの人、巻き込まなかったことだけ、本当にぞかった）

「てしをや」へと引き返す道すがら、ベトナム語混じりで会話が持つだろうかという俺の不安もなんのその、フォンさんはよく話してくれた。

それによれば、フォンさんは享年(きょうねん)六十五歳。

四十年ほど前に、ベトナムを訪れていた日本人男性と知り合い結婚、その後来日し、三十歳で一人娘を出産。日本にあるベトナム人コミュニティーで、多くの友人を作り楽しく過ごしていたのだったが、友人と遠くまで買い物に行こうと、バイクを飛ばしていたら、事故を起こして亡くなったらしい。

「フォンさん、おっとりした感じなのに、バイクに乗るんですね」

（ベトナムでは、みんな、ぞくバイク乗る。普通ネ）

「族バイク？」

（ううん。ぞ、く。違う。よ……よー、く？）

俺が思わず聞き返すと、フォンさんは苦労しながら「よく」「ぞく」とくり返す。

どうも彼女は、「やゆよ」の発音が「ざずぞ」になってしまうようだ。

フランス人のジルさんも、ハ行が上手く発音できなかったから、もしかしたらこれも、ベトナム人の特徴なのかもしれない。

（うーん、難しい！　ゾウコにも、ぞく注意されたネ。けど、最後まで、直らなかったな）

「ゾウコ？」

（娘ネ。とっても可愛い。結婚して、去年、引っ越しした。もうすぐ、孫生まれる）

ゾウコ。ゾウコ。ああ、「ヨウコ」さんか！

次第にフォンさんの話し方の傾向を掴んできた俺は、続きを促した。

「娘さんが、ヨウコさんって言うんですね。今日はヨウコさんに、料理を振る舞おうと？」

（そう。ずっと、元気ないネ。引っ越しの後、私すぐに死んだから、それも原因かもしれない。ずっと見てたけど、ずっと元気ないから、そろそろどうにかしないと、育児はもっと大変ネ）

フォンさんは真剣に頷いて、近況を話してくれた。

一人娘のヨウコさんは、結婚後もしばらくは都内の実家近くで働いていたのだが、両親が高齢になったからと、脱サラして家業を継いだ夫について、栃木（とちぎ）の田舎（いなか）に引っ越したらしい。

だが、引っ越し、その直後の母親の事故死、そして自身の妊娠と、激変する環境にすっかり疲弊（ひへい）してしまったのか、ひどく落ち込んでいるというのだ。

（二ヶ月後には、出産ネ。今のゾウコは細すぎ。いっぱい食べさせなきゃ）

「そうですね。なにを作るんですか？」

フォンさんの話を聞き、俺もつい身を乗り出した。

そうした事情があるのなら、ベトナム料理の材料がないだなんて言っていられない。

駅前の大きなコンビニなら、二十四時間営業だし、小容量だろうけどナンプラーの類も置いてあるだろうから、探してまわらなくては。

フォーの麺を売っている店なんて知らないけど、タクシーを使ってでも駆けつけてやる。

だが、フォンさんから返ってきた答えは意外なものだった。

（おざこ丼）

「へ？」

雑魚（ざこ）？

一瞬、大衆魚や稚魚が載った海鮮丼を思い浮かべてしまったが、すぐに気付く。

「ああ、親子丼ですか」

彼女は、鶏肉(とりにく)と卵を甘辛く煮込んだ、あの丼飯(どんぶりめし)を言いたかったのだ。

ベトナム出身の母の手料理、としては想定外だったが、フォンさんの意図するところはわかる気がする。

おそらく、離れてしまった今でも、自分たちは親子だよというメッセージを込めているのだろう。

あるいは、あなたもこれから親になるのだから頑張って、ということなのかもしれない。

ぐっと来てしまった俺は、熱心に頷いた。

「すごくいいですね。わかりました。フォンさんが鶏肉で、ヨウコさんが卵ってことですよね。親子の絆(きずな)の親子丼、頑張って作りましょうね！」

だが、きっと照れたように頷くだろうという予想とは裏腹に、フォンさんは軽く苦笑して、「うーん」と首を傾げる。

（私は、玉ねぎネ）

「え？」

意味を尋ねようとしたとき、ちょうど店の裏口に着いてしまった。

フォンさんが「わあ、ここが『てしをざ』さんネ！」とはしゃいだ声を上げたことで、話はうやむやになり、俺は「『てしを、や』ですね」と訂正しながらドアを開けた。

志穂も小春ちゃんも退出した後の「てしをや」は、しんと静まり返っていた。

厨房とカウンターにだけ明かりを灯し、程よく涼しかったのでエアコンは入れず、窓を少し開けて換気する。

手を洗い、エプロンを着けると、俺たちは早速調理に取りかかった。

必要なのは、鶏肉に卵、玉ねぎにご飯、そしてみりんや醤油などの調味料。

ベトナムらしさはまるでないが、逆に定食屋では定番の食材なので、用意しやすくて助かった。

「ええっと……、俺、親子丼って作ったことないんですけど、鶏肉と玉ねぎを炒めるんですっけ。卵は最後に入れればいいのかな。いや、それとも卵液で具を煮るのか……？」

料理が苦手な人間ならわかってくれると思うのだが、完成形態から調理過程を逆引きするという行為が、俺は壊滅的に下手くそだ。

甘辛い味、卵のふわっとした食感、そうしたものは断片的に思い浮かぶのに、どんな順序で調理すればその形質が得られるのか、まるで想像がつかないのである。

（私はまず、鶏肉と玉ねぎで煮物を作るネ。そこに卵を入れる。煮物をいっぱい作っておけば、いつでもおざこ丼できる。便利ネ。ぞく作ってた）

スマホを取り出そうとした俺を止めて、フォンさんが説明してくれる。

なるほど、煮物を卵とじにする、と考えれば、作り方も覚えやすそうだ。

そしてどうやら、親子丼はフォンさん親子にとって定番の味だったようで、その点もまた素晴らしいと思った。これならきっと、ヨウコさんも励まされるだろう。

フォンさんは調理台に並べた食材を見下ろすと、興味を引かれた様子で玉ねぎを取り上げた。

（新玉ねぎ）

「ああ、春なので、新玉ねぎのほうが手に入りやすくて」

俺が調理台に載せたのは、通年で出回っている乾燥させた玉ねぎではなく、薄緑の皮をした新玉ねぎだった。生で食べても美味しいし、火の通りが速い。

「普通の玉ねぎもありますよ。そっちのほうがいいですか？」

（うーん。そうネ。せっかくだけど、私、いつもの玉ねぎのほうが好き）

志穂も、「玉ねぎと新玉ねぎはまったく別物なんだよ！」とよく主張しているので――新玉ねぎの場合、煮ると溶け崩れてしまうことが多いらしい――、俺は素直に頷き、玉ねぎを取り替える。

フォンさんは満足した様子で頷き、腕をまくった。

まずは鶏もも肉を一口大のそぎ切りにし、軽く塩を振って揉む。酒を振りかけてから冷蔵庫に入れ、休ませた。こうすると肉が柔らかく、また臭みが取れるらしい。

その間に、玉ねぎを薄切りにする。最初に半分に切ったので、てっきり半玉で済ませるのかと思えば、ひと玉丸ごとだ。

多すぎやしないかと目を丸くすると、フォンさんは、私は玉ねぎが好きなのと笑った。

もしかしたらさっきの「私は、玉ねぎネ」という発言は、単に具の中で玉ねぎが一番好きという意味だったのかもしれない。

さて材料を切り終えたら、だし汁とみりんを合わせたフライパンに鶏肉と玉ねぎを入れ、火に掛ける。冷たいうちから入れると、味がしっかり染みこむし、また、だしに肉の旨みがしっかりと引き出されていくそうだ。

(醤油は最後ネ。さしすせそ)

「すごい。料理教室みたいですね」

日々無料レシピばかり見ている俺からすれば、フォンさんの作り方は、切り方といい、下処理といい、調味料を入れる順番といい、きちんとルールに添っていて、丁寧だ。

まるで志穂のような——つまり、調理学校で習うような、基本に忠実な作り方のような気がする。

そう伝えると、フォンさんはちょっとくすぐったそうに笑った。

(日本の料理、本とか教室で、いっぱい勉強したからネ)

外国人のほうがむしろ原則に忠実な日本語を話す、みたいな事象と同じことなのかもしれない。

煮立った後、鶏肉を何度か裏返し、醤油を加えてさらに煮込んだ。五分ほどで鶏肉を取り出し、玉ねぎだけをさらに煮詰めるのがフォンさん流だという。ずっと鶏肉を入れっぱなしにしていると、固くなってしまうのだそうだ。

(鶏肉はふっくらしてるのがいい。でも私、玉ねぎはくったくたのが、好きネ)

「くったくた」

(そう。くったくた)

言葉の響きが楽しいのか、フォンさんは節を付けて「くったくた」とくり返した。

煮込むにつれ玉ねぎが透き通り、縦筋が浮き出し、いかにも甘辛そうな、ずっしりとした茶色に染まってゆく。その間にも、フォンさんはたくさんの話を披露してくれた。

ヨウコさんの字は「陽子」と書くこと。小さい頃から頭がよく、大学も就職もすんなりと決めてしまい驚いたこと。都内にいたときは高給取りの会社でバリバリと働いて、気鋭のウェブデザイナーとして名を馳(は)せたこと。

彼女は何度も、「ゾウコは頭がいい」「頑張りざさん」「可愛い」「すごい」と熱心に訴え、そのたびにちゃっかりと、「私にそっくり」と締めくくった。俺は笑い返すに留めた。

なんにせよ、仲の良さそうな親子で結構なことである。

さて、玉ねぎが「くったくた」になったら、後は卵を流し入れるばかり。

卵は一度に入れてしまってもいいが、一人分ずつ、食べる直前に仕上げをしたほうが美味しいという。

そこで、練習を兼ねて、煮込んだ鶏肉と玉ねぎの半量を使い、俺のぶんを先に作ってもらうことにした。

まずはフライパンに鶏肉を半量戻し、玉ねぎは半量抜き、具を一人ぶんにする。

卵を二個ボウルに割り、混ぜるというよりは、白身を切る要領で、数回だけ箸(はし)を動かした。

「卵、全然混ざってませんけど、いいんですか?」

(混ぜすぎると、パサパサになる)

フォンさんは「ここが大事」とばかりに頷き、卵を注ぎ入れる前に丼にご飯をよそった。

(ここからは、一気に行くネ)

「は、はい!」

まるで戦(いくさ)に臨む武将のようだ。

宣言通り、フォンさんは真剣な顔でフライパンに向き直ると、卵を入れたボウルをさっと傾けた。

途端に、混ざりきらなかった白身のほうが、黄身よりも先にぼとっと落ちてくる。

塊になっているのをさっと菜箸で広げ、うっすらと固まってきたところに、黄身を追撃させた。

(白身のほうが、固まるの、時間かかるネ。一緒に入れたら、黄身がパサパサになる。だから、なるべく白身を先に入れる)

なるほど。

たしかにフライパンの中では、白身と黄身に、いい塩梅で火が通りはじめている。

フォンさんは素早く蓋をかぶせると、鍋肌に卵がくっつかないよう軽く揺すった。

そうして、三十秒ほどでさっと蓋を外すと——。

「うわあ」

ふわん、と湯気と一緒に立ち上った、甘辛い醬油の匂いに、俺は思わず小さく声を上げてしまった。

オレンジ色の照明を跳ね返す、「くったくた」の玉ねぎや、柔らかそうな鶏肉、そして白身と黄身の入り交じった卵が、きらきらと輝かんばかりだ。

よそってあったご飯に、手際よくフライパンの中身を注ぎ込むと、最後にフォンさんは、ボウルにわずかに残っていた黄身を搔き集め、丼の上に垂らした。

すると、黄金色の卵液が、濡れた鶏肉や玉ねぎの上をとろりと流れ、もはや官能的と評していい光景になる。

なるほどな、店で見る「とろとろの親子丼」っていうのは、事実とろとろの卵液を後から掛ければ実現できるのか。

感心しきりの俺に、

（日本だからできる、生卵の技ネ。お店みたいって、昔ゾウコも褒めてくれた）

フォンさんはそう言って笑った。

と、「お店みたい」という言葉に、ふと気付く。

彩りという観点からも完璧を目指すなら、小ネギを散らしたり、三つ葉を入れたりしたほうがよいのではないか。

それを伝えると、フォンさんは「ああ」と気乗りしない様子で頷き、

（でも、三つ葉も、ネギも、入れたことないネ。めんどくさい）

と肩を竦めた。たしかに、そういう「あしらい」を用意するのって、意外に面倒なんだよな。わかるぞ。俺だって葉っぱを率先して食べたいわけでもないし。

本人がそう言うならいいか、と身を引きかけた俺だったが、そのとき、フォンさんがふと、調理台の端にあったものに目を留めた。

（ああ。これならいいネ）

手に取ったのは、なんと先ほど俺が買っていたパクチーだ。

「え？　親子丼にパクチーですか？」

（ちょっとだけネ。うん、いい香り）

驚く俺をよそに、フォンさんは先っぽの柔らかい部分を洗い、水気を切ってさっさと丼にあしらってしまった。

パクチーと三つ葉はたしかに似ていて、一見、ものすごく本格的な親子丼に見える。

だが、少し鼻を近付けてみると、甘辛い醤油の匂いと一緒に立ち上ってくるのは、あの特徴的なパクチーの香りで、そのギャップに思わず笑ってしまった。

「いいんですか、これで」

（うん。そういえば、家でも時々こうしてたネ。『映(ば)え』、『映え』）

フォンさんは大らかに笑い、手で写真を撮る仕草をする。

なんでもベトナムでは、日本以上にＳＮＳが盛んで、皆しょっちゅう食事の内容を撮影しては、投稿しあっていたという。

映え、という言葉選びの若さに、やはり俺は笑ってしまった。

フォンさんが「食べてみて」と勧めてくれるので、厨房の丸椅子に掛け、ありがたく陽子さんに先んじることにする。

箸で飯ごと大きく掬(すく)い取り、ごろりとした鶏肉、湯気を立てる卵ごと頬張り――。

「ほ……」

口内でふわりと広がった熱と香気に、思わず変な声を漏(も)らしてしまった。

慌ててすぼめた口から湯気を逃し、火傷しないよう咀嚼してから、飲み下す。

熱の塊がじわりと喉を下りていく感覚に、ついだらしなく口元が緩んだ。

ああ。この手の、醤油とみりんで甘辛く煮付けた料理というのは、食べるとどうしてこんなにほっとしてしまうのか。

ぷりっとした鶏肉の脂と、それがまとった黄金色の卵。くたくたになるまで煮込まれた玉ねぎを噛めば、たちまち甘じょっぱい汁気が迸る。

純白だったご飯が、どんどん汁や卵を吸って、茶色っぽい色合いになっていく様も堪らない。ああ、茶色い食べ物って、しみじみ美味い。

面白かったのは、パクチーを口にしたとき。

ほんのりと甘さを持った、清々しい香りがぱっと広がり、主張の激しさに、少しびっくりしてしまう。

親子丼らしいかと言えば、一気にエスニック方向に乖離していく感があるのだが、これはこれで爽やかでよかった。

それにしても、鶏肉以上に、玉ねぎに染みこんだ甘辛さが嬉しくて、ご飯と一緒にどんどん掻き込んでしまう。

あっという間に、丼は空になった。

「いやー、美味しい！　これなら陽子さんも大喜び、間違いなしですよ！」

（そう？　ありがとう。照れるネ）

「いやいや、本当に。こんな美味い親子丼をしょっちゅう食べてたなんて、陽子さんが羨ましいくらいだな」

満腹にさせてもらったこともあり、調子よく告げると、しかしフォンさんは、ちょっと困ったように笑った。

（んー。でも、ゾウコ、私の料理、あんまり食べてくれなかったから）

「え？」

落ち込んだ娘を案じて親子丼を振る舞おうとしている母と、母にそっくりだという娘。

二人は、仲良し親子というわけではなかったのだろうか。

「それって」

――ガラガラッ。

だが、俺が意図を問いただすよりも早く、店の戸が開いてしまう。

陽子さんだ。

「こんばんは。すみません、お店はまだ開いていますか？」

「あ、はい！　どうぞ――」

厨房から身を乗り出し、店内へとやって来たお客さんの姿を見た俺は、軽く目を見張った。

その顔立ちが、神社で見たフォンさんとは、あまり似ていなかったからだ。

いや、フォンさんに似ていないからというよりは、「ベトナム人とのハーフ」と聞いて漠然と思い浮かべていた姿とは掛け離れていたから、意表を突かれたのかもしれない。

まず、肌が白い。髪は染めずに肩に下ろして、上品な大和撫子、といった風情だ。

目や口といったパーツの一つ一つが大きく、よく見ればそれは、フォンさんの彫りの深さを受け継いだものなのかもしれないが、異国の血を感じさせるというよりも、ただただ、目鼻立ちのはっきりとした美人、という印象だった。

妊娠中ということでお腹はかなり大きく、歩くのもひと苦労だろうに、迷いない足取りで、ぴんと背筋を伸ばしている。

「本当に閉店時間ではありませんでしたか？　ご迷惑でなければ、軽く食事をしたいのですが」

なにより陽子さんは、まるでアナウンサーのように美しい日本語で話した。

日常会話で、「したいんですが」ではなく「したいのですが」と話す人、たぶん初めて見たぞ。

フォンさんの「ぞく混ぜるネ」みたいな話し方にすっかり順応していた俺は、その娘である陽子さんの丁寧な話し方に、なぜだか緊張を覚えて姿勢を正した。

「は、はい。実はちょうど、閉店時間間際ではあって、出せる料理に限りはあるのですが、それでも大丈夫でしたら！」

おっと、口調がうつった。

早口で告げてから、慌てて付け足した。

「あの、親子丼でしたら、すぐにできます！」

なにせフォンさんが振る舞いたいのは親子丼だ。ここで、「ではチキン南蛮定食を」なんて切り出されても困る。

幸い、陽子さんは「親子丼」と小さく呟いてから、すぐに頷いてくれた。

「では、それをお願いできますか」

「はい！」

俺は即座に返事をし、陽子さんを席に案内する。テーブル席のほうがゆったりと座れるかと思ったのだが、お腹がつかえるので、天板の位置が高いカウンター席のほうがありがたいと言うのだ。

そこで、一番座りやすいであろう端の席に案内し、温かいおしぼりと、薄めに淹れたほうじ茶、念のために膝掛けを渡した。

陽子さんはやはりアナウンサーのような口調で「ありがとうございます」と言い、しばし黙って、蒸しタオルで手指を温めていた。

ただでさえ陽子さん以外には無人の店内。彼女に黙り込まれると、静けさばかりが張り詰める。

　菜箸を掴む音や、卵を割る音までが耳に付くようで、俺は無駄にひやひやとしたのだったが、そんな中でも、俺の中に入ったフォンさんは陽気さを崩さなかった。

（うーん、陽子、その服可愛いネ。おしゃれ。都会の人ネ。お金持ち。頭いい感じ）

　おそらくは、日本語で表現できる賛辞を片っ端から並べ立てているのだろう。

（ねえ、ゾウコのこと、もっと見せて）

　のみならず、俺は卵を溶き入れたフライパンに集中しようとしているのに、フォンさんは体を乗っ取って、ぐいとカウンターを振り返ろうとする。慌てて主導権を奪い直しフライパンに視線を戻す、いや、再び主導権を奪われてカウンターを見る、というのを短時間でくり返し、すっかり挙動不審になってしまった。

「……なにか？」

　カウンターで俯いていた陽子さんが、訝しげに顔を上げる。

「あっ、いえ」

　怪しまれている、と察した途端、焦りが込み上げ、言葉を詰まらせてしまった。

（こっち見たネ！　可愛い。ねえ、可愛いって言って！　でもだいぶ、ざせたね。まあ、都会っぽい感じ。オーケーオーケー。ほら、ほら、伝えて）

「あの、都会っぽい方だな、と」

付け込むように脳内でフォンさんに急かされ、咄嗟に最後の言葉を拾い伝える。

いやだって、初対面のお客さん相手に、「可愛い」だとか、「痩せましたね」だとか、言えるはずもないだろう！

「ほら、話し方とかも、なんか、アナウンサーみたいだし」

外見についての発言じゃないんですよ、という言い訳を込めて、付け足してみる。

知ってるぞ。このご時世、たとえ褒め言葉であっても、見た目について口にするというのはマナー違反なんだ。

「…………」

だが、俺としてはだいぶ無難に言葉をまとめられたと思ったものの、発言を聞いた途端、陽子さんは顔を曇らせた。

「すみません」

それどころか、膝掛けを畳みはじめるではないか。

「やっぱり、時間がないので、失礼します」

きちんと角を揃えた膝掛けを隣の椅子に置いて、席を立とうとする。

「あのっ！」

陽子さんのこれは、明らかな言い訳だ。辞退が成立してしまう前に、気付けば俺はカウンターに向かって身を乗り出した。

「す、すみません！　親子丼、できてしまいました……！」

我ながらなんて強引な接客だと呆れてしまう。

だがこの状況下、陽子さんを引き留めるのに、それ以外どんな方法があったろうか。

「お、お時間ないんですよね。でもあの、丼なら、パパッと食べられると思うので」

普通なら、味噌汁や粕漬けの小鉢もセットしてから提供するのだが、陽子さんに振り向いてほしい一心で、慌てて卵とじを丼飯の上に注ぎ込む。

先ほどの手順に則って、ボウルに残っていた卵液をちまちまと回し掛けていたら、焦れたらしいフォンさんが体の主導権を奪い、瞬く間に丼を完成させてしまった。彩りが気になったのか、またもパクチーを数枚散らすというおまけ付きだ。

（ほら、完成ネ）

「か、完成なので……。その、よければ」

おずおずと告げれば、陽子さんは意表を突かれた様子でこちらを見つめ返す。

湯気を立てる親子丼と、強ばった笑みを浮かべる俺の顔を交互に見つめ、やがてなにかを諦めたように、再び席についた。

「では、いただきますね」

端然とした口調に、どこか苛立ちが滲んでいるように聞こえるのは――たぶん気のせいではないだろう。

俺は冷や汗を浮かべながら、極力愛想よく丼を差し出した。

「いただきます」

箸を取った陽子さんは、しばし丼を無言で見つめていたが、やがて小さく呟いて、一口ぶんを掬い取る。

とろりとした卵、ふっくらと煮られた鶏肉、柔らかな玉ねぎ、そしておまけのパクチーを、バランスよく箸に載せ、口に運び——。

「………」

その瞬間、彼女は軽く息を止めた。

美味しさに感動した、という様子ではない。

料理の熱に頬を緩めたのでも、甘辛い醤油の味にほっと肩の力を抜いたのでもなく、むしろ逆に、ぎくりと体を強ばらせるようにして、彼女は丼を見下ろした。

それから、誰にともなく問うた。

「パクチー？」

丼に載っていたのが、三つ葉ではなく、パクチーだということに気付いたのだ。

「どうして、親子丼に、パクチーが」

「あー！　えっとですね、その、うちの店も、女性のお客さんの心を掴むにはどうしたらいいかなって、日々悩んでいまして。パクチーでも載せたら、おしゃれになって、『映え』るんじゃないかなって。エスニックってほら、女性に人気だし、おしゃれだし」

まさかこの段階から突然、「実は俺の中に、ベトナム人のあなたのお母さんが入っていまして」とは切り出せるはずもない。

俺がしどろもどろに言い訳を捻(ひね)っていると、陽子さんはふっと視線を逸(そ)らし、低い声で呟いた。

「……そういうの、あまり、よくないのではありませんか」

「えっ？」

「安易というか。おしゃれどころか、ただ違和感ばかりが残って、美味しい親子丼にも、エスニック料理にも、両方なり損(そこ)ねてしまうのではないですか」

冷えた口調だ。端然としているからこそ、なおさらに。

俺が面食らっていることに気付くと、陽子さんははっとし、一度唇を引き結んでから、言い訳をするように付け加えた。

「すみません、突然。思いがけずパクチーだったから、驚いてしまって」

「えっ、い、いえ。たしかに、親子丼にパクチーって、ちょっとこう、アレですよね」

「ごめんなさい。頭ごなしにこんなことを。私が口出しする話ではないですよね。珍しい取り合わせだけど、美味しいと思いますし。ただ」

陽子さんは、なんとかそれらしいフォローをしようと努力したようだったが、「ただ」

の後の言葉が続かず、やがてことんと、小さな音を立てて、箸を置いた。

「……実は私、ベトナム人とのハーフなんです」

彼女が「なんです」と口語体で発音するだけで、途端に素直な声に聞こえる。

「あ……あー！　そうなんですね！　そっか、自分の国の食材を中途半端な形で使われたら、気になっちゃいますよね。わかります！　すみません、余計なことしちゃった」

陽子さんがハーフであることはもちろん知っていたが、初耳のふりをし、さらには、このぎくしゃくとした空気を少しでも和らげるべく、声を張って調子を合わせた。

「いやあ、ハーフなんて、格好いいですね。しかもベトナム！　すごくおしゃれじゃないですか。俺もいつか行ってみたいなって憧れてて――」

「べつに」

だが、空気が和らぎかけたのも束の間、陽子さんは再び視線を落とすと、硬い声で告げた。

「ハーフって、かっこよくも、なんともないですよ」

「へ……？」

堪えきれず、口からこぼれ落ちてしまった言葉に聞こえた。

その証拠に、陽子さんは再び、居心地の悪そうな表情を浮かべると、俺の視線を避けるように箸と丼を取り上げ、顔を隠した。

一口、二口、三口。

なにかに急かされるように、丼の中身を掻き込む。

（ゾウコ！　ぞく噛んで食べるほうが、いいネ！）

フォンさんは、俺の体を使って目を丸くし、心配そうに身を乗り出したが、途中でぴたりと、その動きを止めた。

「――……っ、………」

丼を持つ陽子さんの手が、細かく震えていたからだった。

静かな店内だ。どれだけ押し殺そうと、喉の中でくぐもる嗚咽は聞き取れてしまう。ぐう、とも、うう、ともつかない、小さな音を数度響かせると、やがて陽子さんは、隠すのを諦めたように、丼をカウンターに戻した。

現れた彼女の顔は、くしゃくしゃに歪み、目の端には涙が滲んでいた。

「……す、みません、突然」

俺の視線を気にしてだろう。陽子さんが素早くおしぼりで目元を拭い、詫びを寄越す。

「あの、私」

少し疲れてしまって。妊娠中だからか涙もろくて。あくびが出てしまって。

強引に言い訳をしようとすれば、できたはずだ。

だが陽子さんは、元々嘘がつけない人なのだろう。潔癖な性格なのかもしれない。

結局、ごまかすことは諦めて、絞り出すような声で呟いた。

「母のことを、思い出して」

その言葉を聞いた俺は、咄嗟に「よかった」と思った。

きっとパクチーが引き金になったのだ。ベトナム人の母親の、定番料理に込めた愛情を、エスニックな親子丼で思い出してくれたのだろう。

「そうなんですね。もしかして、パクチーで！」

「いえ」

だが、身を乗り出した俺とは裏腹に、陽子さんは硬い声で視線を逸らした。

「玉ねぎで」

俺は目を見開いた。

玉ねぎで？

「母にずっと、つらく当たってきたことを、思い出してしまって」

つらく当たってきたことを？
(ゾウコ)
俺はぽかんとしたが、当のフォンさんは驚くでもなく、苦笑するばかりだ。

この二人、仲良し親子というわけではなかったのか。

「あの……よければ、話してみてくれませんか？」

すっかり事態に取り残された俺が、動揺しながら尋ねると、陽子さんは怯んだように再び口を引き結ぶ。

だが、静けさか、丼から立ち上る湯気か、それとも神様の計らいか。

なにかにとんと背中を押されたように、彼女はおもむろに口を開いた。

「私……母とはずっと、疎遠で」

箸から離れた手は、無意識にだろうか、膨らんだお腹を撫でている。

一度「どこから話せばいいのかな」と息を吐くと、彼女は顔を上げ、ぽつりぽつりと語りはじめた。

「さっきも言った通り、私、ベトナムと日本のハーフなんです。ただ……、私が小さい頃って、ベトナムは全然、『憧れの国』なんてイメージではなくて。ベトナム人の母がいると言うと、侮られるようなこともあって」

陽子さんはそこで、眉を寄せて言いよどんだ。

彼女が小学生だったのは、今からもう二十五年も前。

当時はまだ、ベトナムは後進国の部類で、「ハーフ」と聞いて目を輝かせた子どもたちも、「ベトナム」の名前を聞いた途端、「なあんだ」と肩透かしの表情を浮かべることが多かった。周囲の大人の中には、「日本人の嫁さんがもらえなかったから、ベトナムからもらったんだろう」などと、フォンさんたちを馬鹿にするような人もいた。

そのたびに、幼い陽子さんの心は傷付いた。

悲しみは徐々に怒りや苛立ちに転じ、やがてそれは、口さがない周囲よりも、フォンさんに向けられるようになったという。

「恥ずかしい、と思ってしまったんです。だって実際、授業参観に来る母親は、一人だけ容姿が違っていて、言葉もうまく話せない。『やゆよ』が発音できなくて、娘の名前すら、きちんと呼べない」

私の名前、陽子と言うんですが、と付け加え、くしゃりと顔を歪めた。

「母にかかると、ゾウコ、になるんです。どうしても象を連想してしまって、思春期だったから、一層いやでした。どうして、呼べもしない名前を付けたのかって、呼ばれるたびに苛々して。段々、返事もしなくなって」

（ゾウコ。ごめんネ。もっと練習、すればぞかった）

体の中にいるフォンさんが、肩身が狭そうに頬を掻く。

声が聞こえるはずもない陽子さんは、記憶に引きずられるように、どんどんと俯く角度を深めた。

「内心……母のことを、馬鹿にしていたと思います」

苦りきった声だった。

ひらがなは読めても、漢字は読めない。おかげで、小学生の頃から、学校との連絡はすべて陽子さん自身がこなさなくてはいけなかった。

口論になっても、日本語を主とする自分と、ベトナム語を主とする母親では、深いレベルでの意思疎通ができない。

感情が高ぶるとベトナム語でまくしたてるフォンさんに、陽子さんは何度も「わからない！」と叫び返したという。「日本語で話して！」と。

いつまでもカタコトの母親への反発から、中学、高校、大学と、放送部に入ってアナウンスを学んだ。付け合わせにパクチーを使ったり、隠し味についナンプラーを足してしまうフォンさんの横で、陽子さんは完璧な和食を作り、父親に振る舞った。

美しい日本語を操ること。完璧な和食を作ること。それらは、日本にいるというのに、いつまでも馴染(なじ)みきれずにいる、「不出来な」母親への密(ひそ)かな嫌味だった。

「我が家は、食事もなにもかも、すべて日本風だったんです。食卓に並ぶのは和食ばかり。お正月はおせち料理を作って、父は日本語しか話さない。日本の大学の受験方法も、日本の会社の悩みも、父にしかわからない。だから、三人家族でいると、いつも母だけが浮いていました」

（うーん。たしかに、それはそう）

話に誇張はなかったようで、フォンさんが軽く苦笑いを浮かべる。

聞いていた俺は、胸が苦しくなってきてしまった。

家族なのに、そんな風にフォンさんのことを責めなくたっていいではないか。

三人家族の中で、それも異国で、常に一人のけ者にされるなんて、どれだけ寂しい心地がすることだろう。想像するだに、可哀想でならなかった。

フォンさんだって、もっと陽子さんを非難すればいいのに。なぜ肩を竦める程度で受け流してしまえるのか。

「それで、ある日。就活で悩んでいるときに、母が励まそうと、してくれたことがあって」

だがそこで、陽子さんはふと声を湿らせた。

震える唇を何度も引き締め、それでもなお堪えられないというように。

「親子丼を作ってくれたんです。でも私、『いらない』って断ってしまった。親子丼のことを、『おざこ丼』って言うから――そんな、くだらない理由で。『なんでいつまでもカタコトなの？　日本のことなんて、わからないでしょ。お父さんにしか相談したくない』って」

ぱたたっ、と軽い音が響く。

涙がカウンターを叩いた音だった。

「そうしたら、母は……悲しそうな顔をしながら親子丼を下げて、小さく、溜め息をついたんです」

それから、親子丼にラップを掛け、こう呟いたのだ。

――私は、おざこ丼の、玉ねぎネ。

ああ、と思った。

先ほどのフォンさんの発言は、そういう意味だったのだ。

父親が鶏で、陽子さんが卵。二人はどう見ても親子だけど、玉ねぎのフォンさんだけがよそ者。あっても、なくてもいい存在――。

「私に、聞かせようとした言葉ではなかった。たぶん、独り言でした。でも、なぜかずっと、印象に残ってた。最近は特に、よく思い出すんです」

ひく、と喉を震わせ、陽子さんはそこで、強引に口の端を持ち上げようとした。

「だって……今は、わ、私が、玉ねぎだから」

だがすぐに失敗し、顔をぐしゃぐしゃに歪めてしまった。

「え……？」

(ゾウコ。泣かないで。つらいネ。しんどいネ)

言葉の意味を掴み損ねてしまった俺とは裏腹に、フォンさんは悲しそうに眉を寄せ、身を乗り出す。声が届かないことを、もどかしく思っているようだった。

「私、去年、夫について、彼の田舎に引っ越したんです」

涙を恥じたのだろう。

陽子さんはぐいとおしぼりで涙を拭き取り、嗚咽を宥めるかのように喉を撫でる。

ほんの少しだけ落ち着きを取り戻すと、最近の状況を話してくれた。

「夫は一人っ子で、ご両親は栃木で苺園を営んでいて……。もう高齢で、でも苺園を畳むことはできないから、どうか手伝ってくれないかと頼み込まれたんです。夫婦で何度も話し合って、引っ越しを決めました」

折しも、旦那さんは体を壊しかけるほどの激務を続けていて、このまま会社員を続けるべきか悩んでいた。また幸いにも、ウェブデザイナーの陽子さんは職業柄、勤務地の縛りも少なく、地方に移住しても十分仕事は続けられると考えた。

当面の間、旦那さんは苺園の経営に専念し、陽子さんはデザイナーの仕事を抑えつつ、義家族のフォローに回る。

生活設計は、そこそこ描けていたはずだった。

「夫婦間では、私がずっと『しっかり者』の役回りだったんです。だから、彼を引っ張ってあげなきゃ、って思ってました。でも、いざ新生活が始まってみたら、もう、全然」

滑らかに話していたはずの陽子さんの口調が、ふいに途切れる。

いちどきに押し寄せた感情を、ぐっと飲み下すように唇を引き結んだが、すぐに口元はわなないて、嗚咽を溢れさせてしまった。

「……言葉が、わからないんです」

結局彼女が告げたのは、そんな言葉だった。

「方言が、きつくて。義理の両親は、どちらも、本当にいい人たちなのに、にこにこ、しているのに、なにを言っているのか、わからなくて」

九十代の夫の祖父母に比べればまだ、夫の両親は標準語に近い言葉を使ってくれる。だが、繁忙期に入って、早口で指示を飛ばしたり、焦っていたりすると、途端に方言が強くなり、意味が取れなくなる。

苺園にやって来る、高齢の客を相手にするときもそうだった。

きちんと意思を疎通せねばならない状況に限って、それができなくなるのだ。

忙しそうにしている相手に縋り付き、電話を切ろうとしている客を呼び止め、何度も何度も言葉を聞き返さないといけない状況は、それまで「仕事ができる」と自負していた陽子さんを追い詰めた。

ミスが増え、心が萎縮し、ますます会話から遠ざかる。悪循環をくり返す。

一生懸命その土地のしきたりに、ルールに合わせようとしているのに、言葉のアクセントや味付け、そんな些細なことでいちいち差をからかわれ、最初は浮かべられていた笑みが、次第に強ばっていった。

誇りだったアナウンサーのような話し方も、田舎では、「気取った、嫌味な話し方」としか受け止められなかった。

あんたのとこの嫁さんって、のりが悪いのね。気が利かないのね。

そう囁く近所の客の声を聞いたとき、立ち聞きしていた塀から飛び出して、どれだけ標準語で叫び散らしてやりたいと思ったか。

あなたは私のなにを知っているというの。都内にいれば、私はなんだってできた。行政の手続きだって、投資信託の売買だってできる。ネットにだって詳しいし、日本語も英語もベトナム語だってわかる。最終学歴だって、年収だって、あなたよりずっと上だと思うけど！

学歴や年収を盾に自尊心を守ろうとしている自分が信じられなかった。そんな行為は、品がないと思っていたはずなのに。

次第に自分が嫌いになっていった。

夫や義理の両親は、その都度自分を庇ってくれた。だが一度だけ、嫁が一向に地域に馴染めないでいることに対して、苛立ちの溜め息を落としたことがあった。

たった一度の溜め息。それに驚くほど傷付いた。

夜、静まり返った台所で、声を押し殺しながら泣きに泣いて——ふと、思ったのだ。

庇ってもらえると思っていた相手から、たった一度溜め息を落とされただけで胸が潰れる心地がするというのに、自分は母に、いったいなんという仕打ちをしてきたのだろうか、と。

「その瞬間、世界が、がらっと反転したような気がしました」

陽子さんは、丼の前で両手を広げ、小刻みに震えるそれを見下ろした。

自分に都内での、仕事人としてのキャリアがあったのと同様に、母にもまた、ベトナムでの、女性として積み重ねてきた経験や知識があったはずだ。

なのに自分は、ただ日本語がカタコトだというだけで、その内側にある彼女の豊かさに一切目を向けることなく、「できない母親」のレッテルを貼って馬鹿にした。口さがなく言う周囲のほうが悪いに決まっているのに、母を庇うどころか、彼らのほうに同調して、「恥を掻かせた」と母を恨んだ。

溜め息を落とすどころではない、ひどい仕打ちを、自分はずっと母にしていたのだ。

母が一人浮いてしまうほどに、家が日本風に染まっていたのは、ほかでもない彼女が、全力で陽子さんたちに合わせていたからだというのに。

「夫の家に合わせた味のお味噌汁を作るとき。方言を真似てみせたとき。お腹の子の名前を、義理の両親に付けてもらおうと決めたとき。ようやく、ああ、こういうことだったのか、って思いました」

合わせていたのだ。溶け込もうとしていた。その土地の輪に入りたかった。

だから、舌に馴染みきらない嫁ぎ先の料理を作り続けた。自分の好みではない名前を子どもにつけた。

必死に、この閉じた世界に、合わせよう、合わせようと、してきたのに——。

「さ、最近、考えてしまうんです。自分を、親子丼の玉ねぎって、言ったとき……母は、どんな気持ちだったのかな、って」

陽子さんは、真っ赤な目から、幾筋もの涙を流した。

「い、今の私も、よそ者で混ざりものの、玉ねぎなのかな、って」

涙を追うように手で素早く頬を撫で、そのまま、顔を覆った。

「謝りたくて」

両手の隙間から漏れたのは、絞り出すような声だった。

（ゾウコ）

フォンさんが身を乗り出す。

俯く娘の頭を撫でようとして、けれどこの状況では不自然だと気付いたのだろう、腕を引っ込める。

きゅっと指先を握り、囁くような声で、彼女は呟いた。

（大丈夫。泣かなくても、大丈夫ネ）

「でも、できない。母は去年、私の引っ越しの直後、亡くなったんです。交通事故で」

明日がちょうど一周忌で、だから都内に戻って来たのだと、陽子さんは言った。

今は四月。苺農家にとってはかき入れ時だ。夫はどうしても仕事の調整がつかず、当日だけ日帰りで法要に来ることにして、陽子さんだけが前日入りを果たした。

年を取った父親は、陽子さんの帰省を喜びはしたが、母親不在での会話はあまり長く続かなかった。準備を理由に、実家ではなくホテルに泊まることにし、迷惑をかけてしまった義理の実家に連絡を入れる。

夫も義理の両親も忙しそうにしていて、そんな中でも「ゆっくりして来いよ」と言ってくれたが、かえって心が塞いだ。

あの家で、自分はいてもいなくてもいい存在なのだ。

静かなホテルのベッドに、ぽつんと座っていると、そのままなにかに塗りつぶされてしまいそうで、衝動的に部屋を出た。

歩き回っている間は、物思いを忘れられる。もし迷えば、きっと、どこかに「帰ろうとする」感覚が得られる。たとえ帰る先がホテルでも。

そうしてでたらめに歩いているうちに、夕食を取っていなかったことを思い出し、ふと漂ってきた甘辛い醤油の匂いに釣られ、「てしをや」の扉を叩いたのだった。

「歩けば、少しは落ち着くと思ったんです。でも、できなかった」

陽子さんは自嘲しようとし、その傍から失敗して、鼻を啜った。

「ずっと、同じことばかり、考えてしまうんです。もう取り返しがつかないんだな。どうして、あのときの私は、あんなに馬鹿だったのかな、って」

（ゾウコ。大丈夫だから）

「どうしてもっと、家に顔を出さなかったんだろう。どうして、あのとき親子丼を断ってしまったんだろう。もっと……もっと、優しい言葉を。だ、大丈夫だよ、って」

（ゾウコ）

「い、一緒に、ご飯を、食べればよかった。ベトナム語を、もっと学べばよかった。たくさん、話して、話を、聞いて……。お母さん、って。きちんと、ご、ごめんなさい、って」

言えばよかった、の言葉は、涙に飲まれてしまい、聞き取れなかった。

店内に、しばし嗚咽が響く。

親子丼から立ち上る湯気が、徐々に薄くなっていく様を、フォンさんはじっと見つめていたが、やがてこう切り出した。

（あのネ。伝えてほしいこと、ある）

落ち着いた声に、俺ははっと我に返る。

慌てて返事をしようとしたが、それよりも早く、フォンさんはカウンターに身を乗り出し、陽子さんではなく、彼女の前に置かれた丼に手を触れた。

（冷めないうちに、はざく、食べて）

そして、ぐいと丼を押し出した。

自分の腕でそうしておいてなんだが、俺は少々戸惑った。

てっきり温かな言葉でも掛けて励ますのかと思っていたからだ。

陽子さんも、腕に触れた丼の感触に気付き、顔を上げる。

「え……」

「あ、あの、どうぞ、冷めないうちにと」

空気を読まない感じになってしまった行為に、俺は冷や汗を浮かべた。

(そうそう、はざくネ。暗いこと考えるの、だいたい、お腹が空(す)いているからネ)

う、うん！　そうなんだけど、ことここに及んで、物理的な解決に頼るというか、食事を急かすのはどうなんだろうか。情緒というか、寄り添う心というかね！

(特に、玉ねぎの部分ネ。いっぱい食べてほしい。美味しい。きっと、元気になる)

だが、フォンさんが真剣に、そして熱心に言い募(つの)るのを聞いて、姿勢を改める。

もしかしたらこれは、フォンさんなりの、メッセージなのかもしれない。

(私ネ、おざこ丼の、玉ねぎが一番好き)

事実、彼女はこう告げた。

(玉ねぎが、一番大事ネ)

と。

「あの」

直感があった。

鶏肉や卵より、玉ねぎにこだわったフォンさん。

きっと彼女は、親子丼というより、親子丼に入っている玉ねぎこそを、陽子さんに振る舞いたかったのだ。

「そんな気分になれないかもしれませんが……よければ、食べてみてくれませんか。特に、玉ねぎの部分を」

意表を突かれて涙を止めた陽子さんの前で、頭をフル回転させ、なんとか話のつじつまを合わせにかかる。

「陽子さん。旧姓はもしかして、藤岡ではありませんか？　藤岡フォンさんの娘さん、ですよね。実は俺、フォンさんと知り合いだったんです。店の常連だったから」

いつもそうしているように、フォンさんを「てしをや」の常連客だったことにしてしまうと、陽子さんは大きく目を見開いた。

「そうなんですか？」

「はい」

「そ、そうです。私、藤岡の……藤岡フォンの、娘です」

こうしたときは、堂々としていればしているほどよいのだと、経験上知っていた。

俺は「よかった」と頷くと、今一度、丼を手で指し示してみせた。

「だったらぜひ、食べてみてください。それというのも、フォンさんはよく、『親子丼の玉ねぎが一番好き』って、言っていたので」

「え」

その瞬間、陽子さんは喘ぐように口を開けた。

言葉を受け止め損ねたかのように、丼と俺の顔とを交互に眺める。

（うん、うん、ありがとう。そうネ。こう言ってほしい。『玉ねぎが一番大事。くったくたの玉ねぎ、美味しい。おざこ丼の、味の決め手は、実は玉ねぎ』！）

勢い込んだフォンさんの、弾むような声を、なんとかそのまま伝えたくて、口調を真似ることにした。

「こう言ってました。『玉ねぎが一番大事ネ。くったくたの玉ねぎ、美味しいネ。おざこ丼の、味の決め手は、実は玉ねぎネ』って」

（ちょっとー！　私、そんな、『ネ』『ネ』って言わないネ！）

途端に、フォンさんがけらけらと笑いながら抗議する。本当に明るい人だ。

一方、陽子さんの表情の変化は劇的だった。

はっと息を呑み、みるみる目を潤ませたのである。

「『おざこ丼』」

その言い方に、たしかにフォンさんを感じたのだろう。

目から疑いや警戒の色が消え、代わりに透明な涙が滲みはじめた。

「そうなんですね」

（そう、そう。あのネ、ゾウコ。玉ねぎは、ずっと玉ねぎネ。おざこの中には、入れない。もうそれは、仕方ない。諦めるしかない）

フォンさんは、娘が真剣に耳を傾けているのが嬉しいのか、胸を張る。

彼女が告げたのは、安直な励ましではない。

どれだけ努力を重ねても、けっして親子丼の定義には含まれない存在だと、よそ者のまだと、自分を割り切る言葉だった。

（ただネ）

だが、続く言葉には、悲しみを吹っ切ってしまった人特有の強さと、朗(ほが)らかさがあった。

フォンさんはどこまでもきっぱりと、言い切った。

（鶏肉と卵だけで、おざこ丼、作ってごらん。物足りない。だって、味が染みこむのは、玉ねぎだから。味を決めるのは、玉ねぎ。家の『味』を決めるのは、お母さんネ）

しっかりと頷いたフォンさんは、脳内で俺に「伝えて、伝えて」と急かしてくる。

「ええと、フォンさんはよく、自分は玉ねぎで、それは変えられないけど、玉ねぎ抜きの親子丼なんて美味しくないでしょって、言っていました。丼の味を決めるのは、実は玉ねぎ。家の空気を決めるのは、お母さんなんだと」

(そう、そう。だって、ゾウコとパパ、似た者同士すぎて、すぐ『自分が正しい』『私が正しい』ってなるでしょ。『お馬鹿さんなママ』いなかったら、きっと毎日喧嘩してたネ)

さらには悪戯っぽく、そんなことまで言い出した。

極力言葉を選んで伝えたのだが、陽子さんは、フォンさんの意図をしっかり理解したらしい。

「あえて、そんな役回りを、引き受けていたの？」

まん丸に目を見開いて、それから、気が抜けたように苦笑した。

「たしかに今日、母がいない父との会話は、ぎすぎすしてしまいました。……母が、上手だったんだなあ」

目には、涙の粒が光っている。

「本当に……聡い、人だったんだなあ……」

(でしょー？　私は、私が賢いこと、ちゃんと知ってた。だから、悲しくなかったネ。恥ずかしくもなかった。私は立派な、玉ねぎだったネ)

娘の顔を上げさせるかのように、フォンさんはとびきり明るく微笑んだ。

(ゾウコもおんなじ。ゾウコは頭がぞくて、可愛くて、頑張りざさん。そのことを、ゾウコがちゃんと知っていれば、悲しくないネ。大丈夫。大丈夫)

優しい声だ。そして力に満ちた声だ。

どうかフォンさんの言葉が、できるかぎりこのままの温度で届きますように。

俺は祈るような思いで、俯く陽子さんにフォンさんの話を伝え続けた。

「フォンさんは、悲しくなんかなかったそうです。溶け込むことはできないけれど、自分の役目を知っていたし、自分が賢いことを、ちゃんと自分で知っていたから」

こういうのを、なんて言うのだろう。

備わった性質以外のものにはなれない。けれど、自分しか、その備わった性質を生かすことはできない。

話しながら、頭の片隅で考えて、俺はああ、と思った。

本分。

玉ねぎの本分を、フォンさんは誇りをもって果たしていたんだ。

「それは陽子さんも同じだ、とも言っていました。自分が賢くて、可愛くて、努力家であることを、自分がちゃんと知っていれば大丈夫。悲しくも、恥ずかしくもないよ、って」

「………」

「もしフォンさんが、今の陽子さんを見たら、『気にしていないよ。絶対大丈夫だよ』って言うと思います」

俺なりの言葉を付け足すと、陽子さんはひときわ大きくしゃくり上げ、ぼろぼろと涙をこぼした。

喉を震わせながら、籠もった声で、「メエ」と呟く。

（あ）

それを聞き取ったフォンさんが、ほんのりと口元を緩めた。

（今の、「お母さん」っていう意味ネ）

どうやらベトナム語だったらしい。

娘の口からこぼれた「お母さん」を聞いたフォンさんは、それは嬉しそうに笑い、ねえねえ、と俺に付け足した。

（もう一つ。スマホ、はざく見て、って言って。たぶん、元気出る）

スマホを？

首を傾げつつ、「ところで、さっきからスマホ、鳴っていませんか？」とそれっぽく促すと、陽子さんはえっと目を瞬かせ、慌ててバッグを探った。

「す、すみません。私、気付かなくて。うるさかったですね」

ばつが悪そうに鼻を啜るが、いやいやすみません、単なる口実なので、なにも気にしないでください。

陽子さんは、さっとおしぼりで涙を拭い、慌てた手つきでスマホを取り出すと、「ちょっと失礼します」と体の向きを変え、素早く画面を表示した。

そして。

「――……ふ」

　人差し指で、すいと通知画面をスクロールすると、気の抜けた笑みを浮かべた。

「やだ」

　同時に、一粒の涙をこぼした。

「どうしましたか？」

「いえ、すみません。義理の家族から、メールやら着信やらが、いっぱい来ていて」

　人差し指で目尻をなぞるが、その傍から、透明な涙が盛り上がってしまう。

「新しくデザインした苺園のサイトが好評で、苺狩りや、ギフトの申し込みがすごいんですって。ゆっくりして、って言ったけど、やっぱりできるだけ早く帰ってきて、って……ふふ、『ごめん』『でも助けて』って、お詫びと悲鳴のサンドイッチ」

　急かされ、予定の変更を頼まれているというのに、陽子さんは、それは嬉しそうだった。

（そうそう。泣いてる時間、ないの。はざく食べて、はざく元気になって、帰らなきゃネ。お母さんになったら、なざむ時間もないくらい、忙しいんだからネ）

　俺の中のフォンさんは、したり顔で頷いている。

　その言葉が届いたかどうか、陽子さんはスマホをバッグに戻すと、すっと箸を取った。

「急いで食べなきゃ」

　まだ目は真っ赤だったけれど、瞳がきらきらと輝いている。

先ほどよりも大きな一口を掬い取ると、陽子さんはそれを一息に頬張った。

とろりとした卵を、柔らかな鶏肉を、甘辛いつゆの染みたご飯を。そしてなにより、くたくたに煮込まれた玉ねぎを。

しっかりと噛み締め、飲み下し、一瞬だけ目を閉じる。

「……美味しい」

すっかり憑き物が落ちたような、素直な声だった。

(でしょー?)

知っていた、と言わんばかりに、フォンさんは力強く笑った。

陽子さんは、それからあっという間に丼を平らげると、改めて、店で思いきり泣いてしまったことや、突っかかってしまったことを詫び、そして、母を覚えていてくれてありがとうと、丁寧に頭を下げた。

店にやって来たときの、思い詰めた表情や尖った雰囲気は消え、代わりに、満ち足りた人特有の、明るい顔色をしていた。

会計を済ませると、そっとお腹を撫でながら、彼女は店を出て行った。

(うーん。ぞかった、ぞかった。どうもありがとネ)

「いいえ、俺は、フォンさんの言葉を伝えただけですから」

(ううん。私がベトナム語で言っても、きっと、届かなかったと思うネ)

娘が去っていった扉を見送るフォンさんは、少し寂しげだ。

その、わずかに突き放したような、諦めたような物言いに、もしかしたらこれが、母と娘の距離感なのかもしれないと俺は思った。

チキン南蛮の時江(ときえ)さんが息子の敦志(あつし)くんに向けていたような、とにかく丸ごと受け止めてやりたい、励ましてやりたいという愛情とは、少し違う。

できないものはできない、と冷静に指摘し、微妙な駆け引きをも挟み、どちらかと言えば「落ち込んでいる時間はないんだぞ」と活を入れるような、厳しさ混じりの愛情。

だがそれでも、「メエ」と呼ばれたときのフォンさんは、とても嬉しそうだった。

「きっと、今日からは違いますよ」

だから俺は、そう申し出てみる。

するとフォンさんは「おー」と目を丸くし、快活に笑った。

(そうネ。そうかも。念仏はベトナム語でしてくれるかナー。楽しみ)

やはり念仏にも、外国語の概念があるのだろうか。ということは、神様や仏様は皆とんでもないマルチリンガルということか。

(カムオンエム。ありがとネ。神様にも、ぞろしく伝えてください)

思考を脱線させている間に、フォンさんは俺の体を使って、深々と頭を下げる。

ベトナム語で「ありがとう」という意味なのだろう「カムオンエム」を、正確に神様に伝えるべく、何度か復唱してみたのだが、そのたびにフォンさんは「んー、そうじゃない」「ちょっと違うネ」とくすくす笑った。でも大丈夫、と付け足して。

——そして口元に笑みの余韻を残したまま、すうと溶けるように、姿を消した。


翌日。

窓から柔らかな朝陽が差し込む、「てしをや」でのことだ。

いつもより早く店に着いた俺は、パクチーをちぎって作ったサラダを食べていた。

昨夜フォンさんの一件があったために、自宅ではなく、店の冷蔵庫にパクチーをしまっていたのだ。そのことを今朝になって思い出し、ならばもう店に行ってから朝食にしようと思い立ったわけだった。

「うおー……これだけで食うと、純粋に草」

たぶんパクチーって、こんな風に単独でむしゃむしゃ食べるものではない。付け合わせに少しだけ散らしたり、なにかと一緒に炒めたりすべき、香味野菜なのだろう。

だが俺は、志穂たちが来る前に、パクチーをすべて食べきってしまいたかった。

なぜなら——「てしをや」にエスニックメニューを取り入れる、というアイディアを、きれいさっぱり忘れてしまいたかったからだ。

脳裏には、パクチーに敏感に反応した陽子さんの姿があった。

その土地の味に、必死に身を寄せようとした、フォンさんたちの姿があった。

混ざり合いたくて、でもできなくて、割り切って。

深く長い葛藤を経て、その先に断絶を乗り越えていった彼女たちを前にすると、「なんかおしゃれだからベトナム風ってどうかな。パクチー使えばいいのかな」という俺の態度は、我ながらあまりに幼稚で、軽薄に思えたのだ。

ある種の、証拠隠滅。

調子のいいことを考えていたという事実を、誰にも気取られぬよう、パクチーを素早く胃に収めようとしていたのだった。

なお、夏美からもあの後、「念のため忠告するけど、思いつきでパクチー買ってきて志穂ちゃんにメニュー考えさせるとか、やめてよ。志穂ちゃん、ツッコミとかじゃなくて、本気でげんなりすると思うから」という、ありがたいお言葉を頂戴した。

どうやらそれまでにくれたメッセージは、やきもち混じりの可愛いツッコミ、などというものではなく、苛立ちをオブラートで包んだ本気の制止であったらしい。

俺は、夏美にパクチー画像を送りつけずにいた自分を称え、同時に、送るタイミングを逸させてくれた神様とフォンさんに、深い感謝を捧げた。

おかげで社会的生命が救われました。ありがとうございます。

きっと神様も、そうした姿勢を学ばせたくて、俺とフォンさんを引き合わせたのだろう。

癖の強いサラダを、ドレッシングを使ってなんとか食べきると、さらに残り飯や味噌汁を流し込み、朝食を終える。

洗い物をしても、まだ七時。開店は十一時と、だいぶ先だ。

「今日分の下ごしらえも、昨日結構しちゃったからなー。あ。玄関の掃除でもするか」

手を洗い、エプロンを着けながら、俺はふと顔を上げた。

そうそう。この時期は、近所に植わった桜の木から、結構な量の花びらが風で流れてくるのだった。花吹雪(ふぶき)は美しいのだが、踏まれると途端に、店の前が見苦しくなってしまう。

せっかく着けたエプロンを脱ぎ、代わりに用具入れから箒(ほうき)とゴミ袋を取り出す。

ささっと、目立つ花びらだけ掃いてしまおうと、がらりと扉を開けた、そのときだ。

「――……へっ?」

なぜか店先に、大学生くらいと見える女性が立っていたので、面食らって、変な声を出してしまった。

それも、一人や二人じゃない。数人ずつの塊になって、五組ほどいる。

「あの!」

やがてそのうちの一人、一番店の近くに立っていた女性が、勢いよく身を乗り出した。

「このお店って、何時開店ですか?　予約ってできます?」

「え？」

なんだろう。サークルの歓迎会でも開きたいのだろうか。

戸惑いながら、

「ええと、開店は十一時で……すみません、ランチの予約は、受けてないんですが」

と答えると、女性は想定外の返事を寄越した。

「そうなんですね。じゃあこのまま、お店の前で待っていていいですか？」

「えっ⁉」

そんな。だってまだ七時だぞ。

「えっ、あー、いや、そうですね、大人数の席取りがご希望なら、別途相談――」

「いえ、二人でいいんです」

「あの、横からすみません。私たちも二人で」

「私たち、三人なんですけど。順番待ちの表とかってないですか？」

「お店って、先着何名まで、みたいな入店制限ってありますか？」

もごもごと応じていると、話を聞いていたほかの女性たちが、次々と割り込んでくる。

「え？　えっ、と」

動揺のあまり顎(あご)を引いていると、彼女たちはじりっと、こちらに詰め寄ってきた。

そうして尋ねたのだ。

「チキン南蛮定食、ありますか」

と。

二皿目　犬猿のアジフライ

　普段であれば、魂を下ろされた翌日には、報告も兼ねて神社に詣でるのだったが、俺が再び鳥居をくぐることができたのは、フォンさんの一件があってから、三日も経った後のことだった。

　――がろん、がろがろん。

「神様ー、こんばんは。まだ起きていますか」

　夜の十時。寝るのが早い人物なら、ベッドでうとうとしていたっておかしくない時間なので、神様のライフスタイルを知らない俺は、念のため鈴の音を控えめにし、小声で話しかけてみる。

「起きてますよね。ちょっと出てきてくださいよ。今日はすごい報告があるんですってば」

　だがすぐに興奮を抑えられなくなり、鈴の紐を掴む手に力が籠もってしまった。

「ねえ！　いますよね！　ねえ！　酒も持ってきたんで！　花見で一杯！　ねえ！」

　――がろがろがろがろがろ！

　今日の供え物は、お気に入りの日本酒だ。もう何度となく供えた銘柄ではあるが、そういえばもうすぐ桜が完全に散ってしまうと気付き、今回もこれに決めたのだった。

花見で一杯、月見で一杯。やはり、四季折々、なにかにつけて酒を飲まなきゃな。

「愚痴とかじゃないです！　朗報ですよ、朗報。神様にぜひ報告したくて！」

――ああ、うるさい。商店街の福引きではあるまいし、けたたましく鈴を鳴らすな。

身を乗り出す勢いのまま、激しく鈴を鳴らしていると、とうとう、げんなりした様子を隠さない神様の声が境内に響き渡った。チャイムの連打に根負けして部屋の扉を開けました、みたいな雰囲気だ。

ぼうっ、と御堂の内側から滲み出した光も、心なしか恨みがましく見える。

「やったあ、神様！　大丈夫ですか？　なんか疲れているような」

――疲れの原因はなんなのか、胸に手を当てて自身の行動を振り返ってみろ。

神様のぼそりとしたぼやきを、春のそよ風のように受け流す。

俺にとってこの神様は、口では「うるさい」と邪険にしつつも、なんだかんだ愚痴を聞いてくれたり、相談に乗ってくれたりする兄貴分のようなものだった。

もっとも、そのぶん、ちゃっかりこき使ってきたり、本当に面倒だと思ったときには、堂々と居留守を決め込む御仁でもあるのだが。

逆に言えば、こうして出てきてくれたということは、話を聞く用意がある、という意味である。

俺は酒瓶を賽銭箱の横に置き、勢い込んで切り出した。

「聞いてください。店が――『てしをや』が、今、空前の大ブームなんですよ！　客入りは普段の三倍以上、開店前から行列ができちゃう勢いなんです！」

――ほーん。

神様の反応は地味だった。鼻くそでもほじっていそうだ。

――おめでとう。儚い栄華もまた粋なもの。ほどほどに楽しむがよい。

「儚いってなんですか、儚いって。ここからお客さんを手放さないように、頑張るんですよ。それはまあ、ブームのきっかけは、ちょっとアレでしたけど……」

多少むっとしながら、同時に、痛いところを突かれた気のした俺は、もごもごと三日前のことを語り出す。

こぢんまりとした定食屋、「てしをや」が突如として脚光を浴びたのには、こんな経緯があったのだった——。

「え？　ＳＮＳ？」

あれは、フォンさんを見送った翌日。パクチーサラダの朝食を済ませた途端、想定外に多いお客さんに並ばれ、びっくりした日のことだ。

俺は、次から次へとやって来るお客さんに目を回しながら——だってこんなこと初めてだ——やがて合流した志穂たちと一緒に、訳もわからぬまま昼の部を終えていた。

疲れきって、ぐったりとテーブルに突っ伏していたところに、新入りバイトの小春ちゃんに話しかけられたのだった。

「はい。これを見てみてください」

小春ちゃんは、可愛いケースに収めたスマホを差し出し、細い指でスッスッと画面を表示してみせる。

若い女性を中心に大人気のＳＮＳ。そのトップ画面の、人気順に並んでいるらしい投稿を目で追っているうちに、すぐに見覚えのある画像が目に留まった。

シンプルな皿に盛り付けられた、タレが染みこんだ揚げ鶏と、タルタルソース。付け合わせには千切りのキャベツと、くし切りにされたトマト。そこに白飯と、味噌汁、そして小皿に載せた粕漬けが付く。

これは。

「うちのチキン南蛮じゃん！」

「そ、そうなんです。お店の名前も、ハッシュタグを使ってしっかり書かれていますね。『てしをや』って。この投稿が今すごくバズってるみたいで、私も開いた途端、目に飛び込んできて」

ガバッと身を乗り出した俺にちょっと顎を引きながら、小春ちゃんが教えてくれる。

「えっ、お客さんの誰かが宣伝してくれたってこと？　それがバズったの？　すごい！」

厨房から話を聞いていた志穂も、エプロンで手を拭いながら急いでテーブル席へと回ってくる。

だが、小春ちゃんのスマホを覗き込むと、ちょっと戸惑った顔をした。

「これ……なんだろう、『勝負メシ、特定しました』って」

短く添えられた一文の、意味が取れなかったのである。

投稿にはほかにもいくつかハッシュタグ――見出しがついていて、人気歌手の名前やら「一緒に験担ぎ」やら「応援してるよ」の文章やらが並んでいた。愛らしいピアスをアイコン画像にしたこの人物は、どうやら芸能人のファンのようである。

「たぶんですけど、ここのチキン南蛮が、ある芸能人の『勝負メシ』って思われたんだと思います」

「『勝負メシ』？」

SNSに疎い俺たち兄妹を見かねて、小春ちゃんがおずおずと説明してくれるには、こういうことだった。

つい先日、若い女性を中心に大人気の歌手の一人が、テレビのトーク番組で「開運の味」を紹介した。

それは、神社のほど近くにある小さな定食屋が出す、チキン南蛮定食だ。

デビュー前の彼はこっそりとそこに通い詰め、すると必ず、食べた翌日にいいことが起こり、みるみるうちにスターダムを駆け上がることができたという。

家族と一人のバイトだけで営んでいる、本当に小さなお店だから迷惑を掛けたくない、と、店名は明かされなかったそうだが、逆にそれで、ファンは彼の「勝負メシ」を探し当てようと躍起になった。

ちょうど「てしをや」は、最近ミニコミ誌でも「チキン南蛮が名物」だと紹介されたばかりだったし、近くに神社はあるし、家族経営にバイトが一人だ。

偶然一致したそれらの情報が見る間に拡散され、見事、「勝負メシ」のお墨付きを頂いてしまったということである。

「あとは、キャベツですかね。この歌手の『推し色』は緑なんですけど、『てしをや』の付け合わせのキャベツって、ほかの店より大盛りだし、緑色が強めに映るから、写真に撮ったときに『映える』みたいで。それも決め手になったのかもしれません」

眉を寄せながら付け加えた小春ちゃんの指摘は、目から鱗だった。

『映え』全盛期とはいえど、まさかそんなことが、ブームのきっかけになるなんて。

「なるほど。だから女性客ばっかりやって来てたのか。みんな、チキン南蛮ばっか頼むし、写真ばっか撮ってたから、不思議には思ってたんだよな」

「どうしよう。早く誤解を解かなきゃ……」

感心する俺の横では、志穂が顔を曇らせている。

「直接お客さんに、『いったいどうしたんですか？』って聞けばよかった。そうしたらその場で否定できたのに。新規のお客さんばかりだったから、つい遠慮しちゃって」

「そんな思い詰めなくたっていいだろ」

真面目なのは美徳だが、真面目すぎるのは厄介だ。

すぐに思い詰めてしまう妹に向かって、俺はやれやれと肩を竦めた。

「べつにこっちが騙しに掛かったわけじゃないんだから。単に、チキン南蛮を無性に食べたいお客さんが、チキン南蛮を注文して、うちは注文通りに料理を出してるだけ。おっ、

「そうだ、実際うちが、この歌手の『開運の店』だったって可能性もあるわけじゃん！」

「違うよ。だって、この人のデビュー前から店にはバイトがいたってことでしょう？　うちに小春ちゃんが来てくれたのは、つい先月なんだから、『てしをや』は『勝負メシ』の店じゃない」

空気を軽くしようと思ってふざけたら、志穂はきっぱりと首を振った。

こういうところ、遊び心がないんだよな、うちの料理長様は。

「もし明日以降もこの状態が続くなら、お客さんに話しかけてみようか。うちは違いますよって」

「いやいや、なんでそんなことするんだよ」

俺は大げさに両手を広げた。

「いいじゃん、べつに乗っかったって。いや、向こうから質問されたなら、否定したほうがいいとは思うけど、べつにこっちから話しかけにいくもんでもないだろ。自意識過剰みたいじゃん」

だって疑問だったのだ。

ミニコミ誌に載って客入りが増えたときには、嬉しそうにしていた志穂。

それがSNSに取り上げられて客入りが増えたとなると、どうしてそんなに嫌がるのだ。

たしかに、注目のきっかけは誤解かもしれない。

　お客さんは食事に惹かれてやって来たわけではないから、料理を愛する志穂には不本意なのかもしれないが、そんなの、クーポンに惹かれてやって来たお客さんとなにが違うというのか。

　自分だってそれを足がかりに、お客さんを掴みたいと言っていたじゃないか。

「ありがたく、宣伝効果にあやかっておけばいいんじゃねえの。あくまできっかけとしてさ。実際のお客さんの心は、料理でおいおい掴んでいけばいいじゃん」

　実際、店に来たお客さんは嬉しそうだった。あんなに喜んで料理を食べてくれるお客さんに、それも大量に恵まれて、店としてなぜ不満を抱く必要があるだろう。

　そうだ。お客さんに喜んでもらう、ということを考えるなら、付け合わせに工夫をするくらいのことは許されるかもしれない。

　付け合わせのキャベツが青々しくて嬉しいというなら、もっと大盛りにしたっていいし、時江さんがしていたみたいに、大葉をまぜてもいい。一層緑がちになる。

　お、それって、すごくいいアイディアなんじゃないか？

　勢い込んで提案すると、小春ちゃんは遠慮がちにだが、「たしかに、喜ぶお客さんは多そうですね」と頷いてくれた。そうだよな！

「なに言ってるの？　自ら誤解を強めにいくなんて、今度こそお客さんを騙しに掛かるようなものじゃない。絶対しない」

一方の志穂は、ますます強硬姿勢になって、つっけんどんな口調だ。

「小春ちゃんも、馬鹿兄の馬鹿な思いつきに、いちいち取り合わなくていいからね」

「え、あの……すみません」

挙げ句にきつい物言いで付け足すものだから、可哀想に小春ちゃんはたじたじである。

おい志穂よ、もし小春ちゃんが心の底から「いい考えだ」と思っていてくれたなら、おまえは彼女のことも同時に馬鹿扱いしたことになるんだからな！

むっとした俺だが、小春ちゃんが素早く引いてしまった以上、ここで粘っても勝ち目はない。

それ以上に、彼女の前で兄妹げんかになだれ込むのも躊躇(ためら)われ、諸々(もろもろ)の不満をぐっと飲み込むことにした。

なんだよ、この店を盛り上げようと考えているだけなのに、頭でっかちの頑固者め。

そういうノリの悪いところ、いつか敦志くんに愛想を尽かされるんだからな。

「今、なにか余計なこと考えたでしょ」

頭の中で文句を垂れていると、志穂がじとっとした目で睨(にら)みつけてくる。エスパーか。

怯んだ俺は、「さーて、夜営業の準備しなきゃな」と席を立ち、小春ちゃんにはまかないを出すなどして話を逸らした。

べつに妹が怖かったわけではない。俺が見逃してやったんだ。穏やかな心でな。

ほら、春だし。

そうして、夜になっても相変わらず多いお客さんをへとへとになって捌きながら、この日の営業を終えたのであった。


「正直、一日限りのことかな、と思いもしたんですよね。でもなんと、この異様な客入り、三日経った今日も続いちゃって」

淡く光る御堂の前で、俺は胸を張りながら続けた。

そう。ＳＮＳをきっかけとした「てしをや」ブームは、最初にお客さんが押し寄せるようになってから三日経った今も継続中、どころか、勢いを増す有様だった。

というのも、そのバズった投稿をしたアカウントが、今度はファンクラブの会員ページと思しき画像を上げながら、「信じられない、グッズ当たった！　引き寄せてもらっちゃった」と続けてきたからである。

そのほかにも、初日に来てくれたお客さんが次々とチキン南蛮の画像を投稿し、口々に美味しさや見栄えのよさを褒め称えた。

さらに、それらの投稿に、「この店、私も行ったことがある！」だとか、「『てしをや』に通っていた友人が第一志望に合格したと言っていました」、「職場の同僚は、途端に彼氏ができたそうです」などといった返信が次々とぶら下がり、「てしをや」は「勝負メシ」を出す開運の店、といったイメージが、ますます強化されていったのである。

ここまで来ると、もう噂が噂を呼ぶ段階だ。

志穂は「ここって、『勝負メシ』のお店なんですよね」と質問されるたびに、声を大にして否定してまわったものの、もはやお客さんは「ああ、そういうことになっているんですね」とばかりに微笑むだけである。

かつて、憲治によるゴキブリツイート騒動を経験した俺だからこそわかる。

一度なにかが拡散されると、あとは当人もあずかり知らぬところで、ひたすら話は広がっていくばかりなのだ。まるで独自の命を得た生き物のように。

そして、生き物が成長するのを止められないように、勝手に広がる噂を、当人が消して回る術などない。今回は店を盛り上げてくれる内容なんだから、志穂もありがたく神輿に乗ってしまえばいいのにな。

「一気に新しいお客さんが増えて、いいことじゃないですか。ねえ？　俺はお客さんに喜んでもらいたいだけなのにな。なのに志穂のやつ、頭が固いっていうか」

キャベツの盛り付けを変える案は、あれからもずっと反対されたままだ。

これくらい遊び心の範疇だと思うのに、なぜああも保守的なのか。

他人の力を借りて有名になってしまったことが心苦しい、というのは、少々潔癖すぎやしないだろうか。

それに、今まで俺たちが頑張ってきたからこそ、好意的な返信がついて、店の名前が広まっているんだ。やましさなんて覚えず、堂々としていればいいのに。

「そうだ。今回『勝負メシ』に認定された理由の一つは、『たしかにこの店に行くといいことが起こる』って返信がちらほらついてたからなんですよ。神様案件のことかな、って思うのもありました。ということは、これ、俺のおかげでもあるわけですよ！」

志穂以外に打ち明けられる内容でもないし、その志穂はちっともこの事態を歓迎していないので、つい俺は神様に自慢してしまう。

「てしをや」に行ったら第一志望に合格した。彼氏ができた。

これはもしかしたら、受験前に未練を晴らすことができた真琴（まこと）ちゃんのことかもしれないし、わだかまりを解いて俺とよりを戻した夏美のことかもしれない。

これまでに積み重ねてきた出来事が、かすかに、そしてたしかに繋（つな）がっている。

その実感は、俺を有頂天（うちょうてん）にさせた。きっかけは誤解かもしれないが、たしかに、この店は俺たちの日々の努力や行いによって支持されているのだ！

「もちろん、遡（さかのぼ）れば神様のおかげってことになりますけど。いやー、本当、神様にまさか、こんな形で引き立てていただけちゃうなんて」

——まあ、私のおかげ、というのは否定しないが。

調子よく、揉み手しながら告げると、神様は肩を竦めでもしているかのように応じる。

日頃のふてぶてしさとはまた異なる、どこか歯切れの悪い口調に、思わず首を傾げた。

「さっきからずいぶん、素っ気ないじゃないですか。どうしました?」

——見よ。賽銭箱の反対側を。

「賽銭箱の反対側?」

いつもの癖で、賽銭箱の左側に日本酒を供えていたのだったが、神様に言われ、反対の右側を覗いてみる。

コンビニのビニール袋に包まれて、唐揚げや、フライドチキンが置かれていた。

「わ、さっきから妙にいい匂いがすると思ったら……なんですか、これ?」

——供え物だ。願い事から察するに、おまえのいう芸能人とやらの好物らしい。私も今ようやく理解した。

「ええ……」

どうやらくだんのファンは、神社まで割り出して詣でていたらしい。

供え物や願いを捧げることそれ自体は、なんとなく神様の糧になりそうな気もするが、それにしたって揚げ物を供えるとは斬新だ。たぶん、チキン南蛮に近い食べ物を、という意図なのだとは思うけど。

「これ、どうしましょうか。神職さんが来るのって、そんな頻繁じゃないですよね？」

酒や未開封の菓子ならば、数日そのままにしていても大丈夫な気がするが、ビニール袋に入っているとはいえ、揚げ物を石畳に放置しておくというのは気が引ける。

最近は日中だと汗ばむくらいだし、腐ったり、蟻が寄ってきたりするかもしれない。

「よければこの唐揚げやフライドチキン、俺が下げておきましょうか」

——おお。そうか？　私は食べたので、下げても構わぬが。

「あ、でも、こういうのって賽銭泥棒というか、窃盗になっちゃうのかな……。本当なら神職さんにお任せしたほうがいいとは思うんですが」

——構わん、特別に私が許そう。このままここで傷んでは、食べ物が哀れだ。よろしく頼む。

躊躇い気味に問えば、神様からきっぱりとした返答があった。

理由として真っ先に「食べ物が哀れ」というのが出てくるあたりが、本当に、この神様らしいんだよな。

俺は恭しく、揚げ物の収まったビニール袋を捧げ持った。

「じゃあ、お預かりします」

——うむ。なんと気の利くやつよ。さすがは私が見込んだ男。

「いやあ、このくらいでそんなに褒められると、照れちゃいますね」

——いやいや。まことおまえは神想いの善い男。その言葉、行動の一つ一つから、身を賭してでも私に尽くしたい、役立ちたいという思いが、ひしひしと伝わってくるようだ。

「……ん？」

なんだか、三日前を彷彿とさせる風向きの変わり方だ。

不穏な気配を察知した俺は、機先を制して言い放った。

「今日はしませんよ」

――えっ。なぜ？

すると神様からは、わざとらしいほどにきょとんとした声が返ってくる。

こちらの事情をわかっていながら、そらとぼけている、そんな雰囲気だ。

「なぜってそりゃ、三日前も手伝ったばかりだからですよ！　あれって結構、精神的に疲れるんですよ。ただでさえこっちは、この三日間忙しくてへとへとだっていうのに」

――大丈夫、大丈夫。元気、元気。

「気付いていないかもしれないけど、神様って、ごまかすとき、二回言葉をくり返す癖があるんですよ。つまり今です！」

――えー。本心なのになぁ。悲しい、悲しい。

「嘘つけ！」

思わず叫んでしまってから、はっと我に返る。

経験上わかる。

神様がこんなわざとらしい演技をしてみせるのは、俺のツッコミを待っているからなのだ。そしてなぜ俺のツッコミを待っているかといえば――。

――まあ、まあ、そう言わずに。もう魂も呼んでしまったし。

「ああー！　すでに鳥居の下まで来ちゃってるー！」

こちらを足止めし、その隙を突いて魂を具現化させてしまいたいからだ。

俺が地団駄を踏んでいる間にも、鳥居の下の暗闇には白い靄が現れ、みるみるうちに人の形へと凝りはじめた。

「もう！　どうしていつもそう強引なんですか！」

――はは、すまん、すまん。近頃急に願い事が増えたものだから、こちらもペースを上げねば仕事が回らんのだ。

猛然と抗議すれば、ちっとも心の籠もっていない詫びが寄越される。

その間にも、靄はすっかり立体的な輪郭をまとい、色を帯び、とうとう、スーツを着た細身の男性の姿を取った。

少々神経質そうだが整った顔立ち。

年は、三十後半くらいだろうか。

『突然こちらの事情に巻き込んでしまい、申し訳ありません。ですが、お力添えいただけると大変ありがたく』

今回現れたのは、これまでで一番礼儀正しい魂と言ってもよいかもしれない。

ぴしりとアイロンの掛かったシャツ、歪みのないネクタイ、おろしたてと見えるスーツ、そしてノンフレームの眼鏡を着けた彼は、視線が合うなり、眼鏡のブリッジを上げ、まるで背中に定規でも入っているかのように、完璧なお辞儀をしてきた。

『ご挨拶が遅れました。私、ひふみ食品の総務部主幹、結城雪彦と申します。福利厚生を主とした――』

まるで魂に染みついているかのような流暢さで口上を告げ、流れる仕草でスーツの内ポケットを探る。

おそらく名刺を取り出そうとして、そこでようやく『おっと』と目を瞬かせた。

『失礼。名刺入れは葬儀の際に、一緒に燃やしてもらったんでした』

「え、名刺入れを、棺(ひつぎ)に収めたんですか」

『ええ。社長から頂いた思い入れの品であり、私の会社人生の苦楽を共にした相棒でしたので』

この結城さんという人物、年下の俺に対しても丁寧な言葉を使ってくれるし、所作の一つ一つも育ちがよさそうな感じがするのだが、その真面目そうな言動とは裏腹に、なかなか癖の強い性格をしている気がする。

さようで、以上の言葉を返せずにいる俺をよそに、結城さんは再び眼鏡のブリッジを上げると、ずいと詰め寄ってきた。

『お噂はかねがね。高坂(こうさか)哲史さん、でいらっしゃいますね。定食屋を営んでおられると。弊社商品もきっとお使いになっているものと思います。大変お世話になっております』

「いえ、はい、こちらこそ……?」

『ああ！　やはり、ひふみの商品を使ってくださっているんですね。ありがたいなあ。そこに輪に掛けてお世話になるというのも心苦しいのですが、こちらとしても、いずれなんらかの形で、ご恩をお返しできればと検討を前向きに進める準備をしているところで』

「え、え」

結城さんは、口調だけは穏やかに――耳に大変心地よいソフトな声だ――、ぐいぐいと間合いを詰めるのを止めない。

というか、検討を前向きに進める準備をしているって、実質なにもしていないのでは。

「いやあの」

『というわけで、高坂さんにおかれてはぜひフュージョン！　を快く受け入れていただければ幸いです』

——ふわん。

言葉の途中で、目の前でシャボン玉が弾けるような心地がし、気付けば体の中に、もう一人の意識が息づいているのを感じた。

「えっ⁉　い、今⁉　今、フュージョンしちゃったの⁉　こんなにさりげなく⁉」

（さりげなく会社を改善していく、というのが総務の本質ですので）

動揺して、きょろきょろと境内を見回すと、結城さんがすかさず俺の腕を使ってブリッジを持ち上げる仕草をした。

俺は眼鏡を掛けていないので、指先は宙を掻いてしまったが、それにしたって、もう十年以上もこの体を使っています、というくらいの自然な動きだ。

「いや、さりげなさすぎでしょ！」

（お褒めにあずかり光栄です）

俺が声を裏返すと、結城さんはなんでもないことのように頷いた。

普通、他人の体の中に入るとなると、もっと「うわあ！」とか、「おお、これが」みたいな反応があるものなんだけどな。

——気を付けろよ。こやつ、淡々とした佇まいでいながら、ぐいぐいと要求を突き付けてくるからな。

一人困惑している俺を見かねたのか、あるいは面白がったのか、神様がそんな声を掛けてくる。

(総務ですので)

一方の結城さんは、泰然の構えだ。

——あとな、会話の合間合間に、すごく自社商品を売り込んでくる。

ぼそっとした神様の恨み言に対しても、結城さんはやはり、飄々と応じた。

(会社を愛していますので)

と。

さては神様め、売り込みがうっとうしくて、早々に成仏させようとしたんだな？

＊＊＊

「てしをや」へと引き返す道すがら、結城さんは、神様に縋るに至った経緯を説明してくれた。

（私の人となりを伝える手掛かりになるかもしれないので、多少まどろっこしいですが、入社前後のことからお伝えしますね。ご容赦ください）

世間話の段取りにまで断りを入れる、この妙な几帳面さである。

（振り返ること十五年前。就職活動中だった大学生の私は、優秀さを評価され、大手企業各社の内定をほしいままにしていました）

「結城さん、穏やかな口調でめちゃくちゃ自慢しますね」

（事実ですので）

時々眼鏡のブリッジを持ち上げる仕草をしつつ、結城さんが語るにはこうだった。

結城さんは幼少時から成績優秀、文武両道。したいと思ったことはなにもかもすんなりと叶い、満ち足りつつも味気ない日々を送っていた。

就職先も、知名度の高いマスコミや広告代理店から内定をもらっており、さてどこにしようとババ抜きのような気持ちで企業選びに臨もうとしていた——そんなとき、たまたま居酒屋で隣り合った中年男性から、商品のサンプルを「試食してみて」とお裾分けされた。

見てみればそれは、スパイスの詰め合わせ。

男性は、スパイスを中心とした調味料を製造販売する、ひふみ食品という弱小食品メーカーの社長だった。

(出会った当時は、単なる気のいい酔っ払いという印象でしたが。それでも、渡された商品の美味しさは圧倒的でした)

持たされたスパイスを一口舐めてみて、結城さんは驚いた。

こんな町中で味わうのに違和感を抱くほど、本格的で、洗練された風味だったのだ。

(一人暮らしでしたし、元々料理は好きだったんですよね。市販品のスパイスの味なんてたかがしれていると思い込んでいて、でもだからこそ、ひふみのスパイスの美味しさに衝撃を受けました)

聞けばひふみ食品は、業務用を主に扱っているため、一般消費者からの知名度は低いという。だが、その専門的な品揃えと味わいのよさは、業界人のお墨付きで、今は少しずつ、一般消費者向けの商品も拡充させようとしている、とのことだった。

それまでは眼中にもなかった、小さな会社。

だが、自分が知らなかっただけで、こんなにも素晴らしい商品を作る会社があるのだということに、結城さんは蒙を啓かれた思いがした。これからマスコミや広告代理店で自分が扱うことになるのだろう空虚なイメージなどではなく、食品という、五感に訴えかける、揺るぎないものを扱う会社に心引かれた。

酔いの勢いも手伝い、結城さんはその場で社長に、ひふみで雇ってくれと頼み込んだ。

社長は大笑いしたが、結城さんが本気だとわかると、今度は困惑して断った。

うちは少人数しか採らないし、今年の採用期間はもう終わってしまったからと。

願いが叶わなかったことなんて初めてだ。

それで一層火が付いてしまった結城さんは、もらっていた内定すべてを辞退し、背水の陣で再度ひふみ食品に押しかけた。

社長はその迫力に圧し負け、オーナー系の会社だったことも幸いし、「職場を選ばなくてよいなら」という条件付きで、入社を許したという。

困難を伴う恋ほど燃え上がるものはない。結城さんは、それまでの冷めた人生観から一転、周囲が顎を引くほどの熱心さで業務に当たったそうだ。不得意な営業職を命じられようが、未知の経理職を命じられようが、ばりばりと仕事をこなし、最後の五年は総務部に異動となったが、そこでも生き生きと働いた。

(思えば私は、恋をしていたんですね。ひふみ食品という会社に)

「見かけによらず情熱的な人ですね……」

(よく言われます)

ひふみ食品の社風は、よく言えば職人気質、悪く言えば不器用。

広告も下手なら立ち回りも下手で、せっかく長い時間を掛けて最高の商品を開発しても、すぐに大手競合に類似商品を出され、商品イメージごと競合の手柄にされてしまう。

けれどそんな不器用さまでもが、結城さんには愛おしかった。

なにもかもが過剰で、情報まみれで、めまぐるしく消費されていく世の中にあって、こんなにも頑なに「もの」にこだわり続ける会社が、ほかにどこにあるというのか。

（最初は、この不器用な会社を私が変えてやるんだ、なんて思っていたんですけどねえ。身を置いているうちに、なんだかもう、この損な社風ごと愛おしいなと）

「うわあ、恋人のことは溺愛するタイプだ」

社長の口癖は、「ものづくりのメーカーが『もの』にこだわらなくてどうすんだ」だった。結城さんはその頑なさと、不器用さと、しかしそこに籠もる一片の真実を愛した。

結局ひふみ食品は、結城さんの入社後十五年経っても、爆発的なヒットに恵まれるなどということもなく、小粒な企業のまま。

けれど確実に、業務用と、一部の専門家を中心とする一般消費者マーケットで、じわじわとシェアを広げた。

（幸せな人生だったと思います。気付けば末期の膵臓がんで、余命宣告から半月で死んでしまうという我ながら驚きの最期でしたが、常に全力投球という社長の教えのおかげで、世話になった方々の多くには、生きている間に感謝を伝えられたと思いますし）

穏やかに語る結城さんには、あまり未練などないように見える。

照明を落とした「てしをや」の裏口に回りながら、俺は首を傾げた。

「あれ？　そんな憂き目の一つもない人生なら、成仏を拒む必要はないような」

（憂き目？　ありますよ。愛するひふみが、私の晩年に、くそ忌々しいトップソースに買収されたのが最大の憂き目です）

ひやりと寒気を覚えたのは、なにも触れたドアノブが冷たかったからではないはずだ。

今この人、「くそ忌々しい」って言ったよな。

「え、買収？」

（ええ。もう公式発表されていますし、ちょうど今日が統合日なので言ってしまいますけど、我らが健気なひふみ食品は、広告ばかり上品ないけすかない調味料メーカーの、トップソースに買収されたんです）

ドスの利いた声に、思わず圧倒されてしまう。

トップソースといえば、俺でも名前を知っている有名な総合調味料メーカーだ。たしか、業界二位くらいにはつけているのではなかったか。

そういえば数ヶ月前、異物混入事件があってニュースになっていたが、それよりも事後の対応が早くて素晴らしいと、ＳＮＳでも話題になっていた気がする。

ＣＭがいつも面白くて、そうそう、先の事件でも、新聞に出した謝罪広告の文章が感動的だと、たしか賞までもらっていたんじゃなかったっけ。

だが結城さんはまさにその部分が気に入らないようで、「パワープレイ」だとか「全部広告で解決しようとする」だとか、「ものづくりの精神を置き去りにしている」だとか、流れるように毒を吐き、そんな会社にひふみ食品が買収されてしまったことは、人類史に刻むべき悲劇だと締めくくった。

「じ、人類史……。他社のこと、めちゃくちゃこき下ろしますね」

(はは、すみません。生きている間はなかなか言えなかったので、つい。死人に口なし、炎上なしです——あ、ここがお店なんですね。失礼いたします)

さらりと話題を転じると、結城さんはひとしきり店内を見回す。

初めて見る厨房に興味を引かれたのかな、と思ったがそんなことではなく、彼は照明を付け、冷蔵庫の内側を素早く観察すると、どこにともなく丁寧に頭を下げた。

(すごい。うちのソース、使ってくれているんですね。どうもありがとうございます)

どうやら、店内に常備している二種類のソースのうち、一種類がひふみ食品のものだったらしい。

業務用らしいシンプルな容器をにこにこと撫でる結城さんに、直前までの緊張感が薄れた俺は、調子よく応じてしまった。

「あっ、それ、妹が愛用しているんですよ。フライ用ソースとか、メインにはもう一つのほうを使ってるんですけど、煮込み料理にこっちのソースをちょっと垂らすと、すごくコクが出るからって」

（へえ……「ちょっと」なんて言わず、ひふみのソースをざぶざぶ使ってくれて構わないんですけどね。なにも、くそ忌々しいトップのソースをメインに使わなくたってね）

途端に、冷ややかな声でツッコミが入る。どうやら、メイン使いにしているソースこそが、「くそ忌々しい」トップソースの商品であったらしい。

調味料の選択は志穂の管轄なので、これまでちっとも銘柄を意識していなかった。

ぐいと口角が持ち上がったが、わかるぞ、これは怒りの笑みだと。

「す、すみません、失言でした」

（いえいえ。ソースを使っていただけているだけで光栄ですし、なにを使うのかはお客様の自由ですから。消費者の選択に私どもが口を挟むべきではありませんから。ええ）

口調が発言内容を裏切っている。

愛社精神が強すぎるんだよ、この人。

なんとも言えない圧力を感じ取った俺は、ぱっとソースを冷蔵庫に戻し、強引に話題を変えた。

「ええっと、それで！　なにを作りましょうか。結城さんが料理を振る舞いたい相手っていうのは、どちら様ですかね⁉」

問いながらも、俺は答えに半ばあたりをつけていた。

きっと、お世話になったという社長だろうな。

あるいは、会社人生を共にした同僚かもしれない。

これだけ愛社精神の強い結城さんのことだ。買収の憂き目に遭った会社の仲間を、思い出の料理を通じて励ましたいのだろう。

(アジフライを作りたいと思います。弊社の社食で一番人気だったので)

まんまと話につられた結城さんは、懐(なつ)かしそうに目を細める。

ほらね、やっぱり会社の仲間に料理を振る舞いたいんだ。

「なるほど、なるほど。それを会社の方に、ということですね。くだんの社長に、ですか?」

(いえ。社長には、見舞い時に十分時間を取っていただきましたので)

「なら、お世話になった同僚にですか?」

(同僚? ええ、まあ……同僚、といえばそうですか。世話にも、なったような)

頷くものの、どうにも歯切れが悪い。

会社関係の人間ではなかったのか、と首を傾げると、結城さんは俺の顔を使って苦笑を浮かべた。

(会社関係で正解です。アジフライを振る舞いたい相手は、須田大輔(すだだいすけ)さん。まさに今日か

ら同僚となる――トップソースの総務部の人間ですよ）

「ええっ⁉」

驚いてしまったのも無理はない。

だって、ついさっきまで、人類の敵のような扱いでトップソースを罵(ののし)っていたのに。

（須田さんと私は、「総務分科会」の担当同士だったんです）

目を白黒させている俺を見かねてか、結城さんが説明してくれた。

統合に際し、社内外への開示から実際の業務統合まで、設けられた準備期間は約半年。その間に、両社の各部署から数名ずつを出して「分科会」と呼ばれるプロジェクトチームを形成し、具体的なすり合わせを行うらしい。

総務分科会を例にとると、ひふみ食品からは結城さんを主担当とする数名、トップソースからは須田さんを主担当とする数名が任命され、オフィスの統廃合や引っ越し日の調整、各種マニュアルの整備などを話し合ったそうだ。

（まあ、さすがトップさんと言うべきか、皆さん優秀でいらっしゃって。力任せ、金任せに、ゴリゴリと交渉を進めてくれるものだから、どの分科会も実にスムーズでしたよ）

統合までの日々が蘇(よみがえ)ったのか、結城さんがふっと笑みを浮かべながら吐き捨てる。

読解力に乏しい俺ですら、「優秀」の一言に、「いけすかない」とか「偉そうな」といったニュアンスが込められていることは容易に理解できた。

（ただし、社食。これは、ひふみの本丸ですからね。社名が消えようと、商品ラインを減らされようと、これだけは絶対譲れなかった。須田さんと私、担当者同士で、毎日殴り合い寸前くらいまで話し合ったものですよ。はは）

だからさっきから目が笑ってないんだってば。

どうやら二社は、ひふみ食品が運営していた社員食堂を巡って、激しく衝突をくり返してきたらしい。

買収する側のトップソースは、当然、取り潰すオフィス内にある社員食堂など閉鎖しろと迫った。だが買収される側のひふみ食品は、頑としてそれを受け入れなかった。

商品を愛し、食事を大切にするひふみ食品の人間にとって、社員食堂とは単なる食堂ではない。商品を厳しく審査する場であり、創始者が初めてスパイス料理を伝道した思い出の場でもあり、社員が食事を通じて日々結束を確かめ合う場でもあったからだ。

だが、大手のトップソースからすればそんなもの、弱小メーカーの感傷にすぎない。

合理性を尊ぶトップソース、対して職人気質のひふみ食品。

社員食堂を巡る議論は、もはや両社の看板を掲げた疑似戦争の様相を呈し、日々、それは熾烈な議論が繰り広げられてきたそうだ。

（主担当の須田さんというのが、まーあトップさんらしい、口ばかり達者な偉そうな若者でねえ。私より十歳年下なんですが――そしてこの事実がまた腹立たしいんですよね、こ

の年齢差で同じ仕事をしているのかという——、大企業風を吹かせる吹かせる）

俺の体で、なぜかぽきぽきと指を鳴らしはじめた結城さん。

その苛立ちを押し殺した低い声に、思わず冷や汗が滲む。

「あ、あの、なんで、そんな相手に、料理を……」

まさか、「世話になった」って、暴走族あたりが言いそうな、「俺の舎弟が世話になったなァ」みたいな意味じゃないよな。

アジフライって、もしかしてなにかの隠語なのだろうか。頭を落として腹をかっさばいて揚げてやるぞ、というような。

（え？　それはだって、今日は統合日ですし。一区切りというか、ねえ？）

結城さんが区切りたいのが、須田さんの命だったらどうしよう。

いや、落ち着け。

これまで神様が引き合わせてきた魂が、凶行に及んだ例はない。

きっと結城さんも、口ではこんなことを言いながらも、苦楽を共にした須田さんに対して、労（ねぎら）ってやりたいとか、励ましてやりたいだとか、温かな気持ちを持っているはずだ。

（私が入院したとき、彼、結局見舞いに来なかったんですよね。ほかの方々は、義理でも果物の差し入れくらいはしたのに。アジフライにソースで「ハゲ」って書いてやりますかね……それとも混入してやるか、トップお得意のスパイスを……）

だが、ぶつぶつ呟きながら、無意識にスパイスの銘柄をチェックしている結城さんを前に、俺は思った。

純粋に嫌がらせのために来たのかもしれない、この人。

それから、こっそりと胸の内で誓う。

未練が晴れるなら、多少の嫌がらせくらい目を瞑るべきかもしれないが――、万が一、アジフライに、今手にしている七味唐辛子をぶちまけようとしているなら、そのときは止めよう。

しっかりと手を洗い、エプロンを着けた後の結城さんの動きは、それはきびきびとしたものだった。

(あ、ちょうどアジがありますね、さすが定食屋)

冷蔵庫をチェックすると、すぐに三尾のアジを見つけ出す。

残念ながら、仕入れたばかりの活きのよいものではなく、アジの南蛮の試作をするために――志穂は季節ごとに微細に味付けを変えたがる――内臓を抜いて塩を振ってから取り置いておいたものだ。

料理にこだわりがありそうな結城さんが、鮮魚を仕入れるところから始めたがったらどうしよう、と気を揉んだが、彼は皮の色や身の張りをチェックすると、ばっちりだと請け合った。

（むしろさすがですよ。塩で処理して、水気もきっちり取って、キッチンペーパーとラップにくるんで保管してあるなんて）

アジは内臓を抜いて塩を振っておけば、冷蔵で軽く二、三日はもつのだという。

結城さんは慣れた手付きでぜいごと鱗を取り、中骨を切り取った。包丁を入れ、身を左右にすいすいと開き、きれいな二等辺三角形にする。

腹骨をそぎ取ると、中骨と一緒に強めに塩を振って、ぽいとグリルに放り込んだ。

（焼き上がったら、これを肴に飲みながら調理しましょう）

「うわ、最高じゃないですかそれ。いいんですか？」

（料理は楽しくなきゃ。日本酒はありますか？）

「もちろん！」

焼きアジを囓り、日本酒を啜りながら、だらだらと料理をするなんて最高だ。

定食屋の料理人としてはまずできない行為だから、家庭で料理をするときならではの愉しみだな。

そんな会話を挟みつつ、素早く小骨を抜き、皮を引いた結城さんに、俺は称賛の溜め息を漏らした。

なんと流れるような手つきだろう。

「本当に、料理お得意なんですねえ」

（ひふみの社員は、社長直々に全員料理を仕込まれるんですよ。スパイスって、料理の仕上げにも使いますが、やはり調理中にこそ活躍するので、社員も積極的に料理をせねばと。自社商品を深く知るきっかけにもなりますしね）

「へえ、すごいなあ」

（そうそう。たとえばうちで出している生姜チューブは、汁にまで生姜の成分がたっぷりなんですよ。だから、もしアジの鮮度がいまいちなときは、臭み取りにこの生姜汁を揉み込んでおくとですね――）

そしてなんて、流れるように自社商品の宣伝を挟むことだろう。

（生姜チューブの中身自体は圧倒的にうちが優れているんですよ。なのに、チューブのデザインの開発競争で敗れたばかりに、一般市場では見向きもされない。その点、トップさんはおしゃれな広告をがんがん打って……そういうところがいけすかないんですよね）

隙あらばトップソースをこき下ろす癖も健在だ。

ちなみに結城さんお気に入りの生姜チューブは、この統合が原因で廃番が決定したらしく、「おのれトップソース」と呟きながら、怒りをぶつけるようにしてアジに小麦粉をはたいていた。

小麦粉は軽く落としたほうが衣が剥がれにくくなるので、丁度いいらしい。

その後、よく溶いた卵液にアジをくぐらせ、パン粉をまぶす。

このとき、バットに広げたパン粉を、きゅっと押し付けておかないと、揚げている最中に衣が剥がれてしまうのだと結城さんは言った。

（力加減は、そうですね、このくらい。トップさんの憎い上司の顔を机に押し付ける瞬間を思い浮かべながら、だと少し強すぎますね。身が千切れてしまいます）

「もう少し殺意をしまいましょうか」

例えがいちいち物騒なんだよな、この人。

衣を付けたらすぐに揚げる、というのもまたポイントのようで、結城さんはアジの準備を終えると、即座に鍋に油を張りはじめた。

中温に熱し、試しに撒いた衣がチリチリと浮かんでくる頃合いになったら、一尾だけアジを入れる。油の温度が下がらないよう、少量ずつ揚げるのがよいそうだ。

じゅじゅわじゅわ……っ。

途端に響く、この音。揚げ物は耳までもが美味しくなる食べ物だ。

温度が下がらないよう、菜箸で軽く油を掻き回して、中のアジを泳がせる。

片面がきつね色になったら裏に返し、両面の衣がカリッとしたのを確認すると、すぐにアジを引き上げた。

（後は余熱で火を通したほうが、ふっくら仕上がるんです）

なるほど。

折しも、グリルに掛けていたアジの中骨も焼き上がったので、取り出して皿に載せる。

そのまま店の日本酒を、と結城さんの勧めるまま瓶に手を伸ばしそうになったが、ぎりぎりのところで自重して、つまみ食いだけに留めることにした。

いやだって、この後お客さんが来るわけだし。万が一のことがあっては、ねえ？

（それより早く、これ、味見しませんか。すごく美味しそうにできました）

幸い、結城さんもさほど酒には未練はないようで、代わりに、できあがったアジフライと焼きアジをうっとりと見つめている。俺もまったく同意見だったので、込み上げるよだれを飲み下しながら、急いで箸を取った。

テーブルに移ることもせず、厨房に立ったまま、まずは焼いた中骨から一口こそぎ――。

「うめえ！」

（おお）

うん、箸に掬った身が、ほかほかと湯気を漂わせているのを見たときから、絶対に美味しいということはわかっていた。

強めの塩加減、ふっくらとした身の具合が堪らない。

ああ、ここに日本酒があったらどんなにか！

自分の選択を少々後悔しつつも、

（アジフライ。アジフライ食べましょう）

食欲に着火したらしい結城さんが急かすのに合わせ、今度はアジフライに箸を伸ばした。

さくっ。

一口に切り分けるだけで、美味しさを予感させる音がする。

断面から香ばしい匂いと、白い湯気を上げる身を、まずはそのまま口に放り込んで――。

「………」

俺たちはきゅっと眉を寄せ、しばし無言でアジフライを噛み締めてしまった。

うまい。揚げ物ってどうしてこんなに、本能を揺さぶるような味がするのだろう。

揚げ時間を短く済ませたぶん、身はたしかに驚くほどふわりとした食感だった。

サクサクとした衣を伴ったそれを、歯で押し潰すたびに、旨みを閉じ込めた魚の脂が、透明な渦を巻きながら口内に広がるのがわかる。

勢い込んで、がつがつと一尾を食べ進めそうだった俺を、しかし結城さんが制した。

（待った！）

これまで聞いた中で、一番真剣な声だ。

（ソースを掛けましょう）

続いて、神託のように重々しく告げる。

箸を握る主導権を取り返そうと、密かに足掻いていた俺は、一瞬、途方に暮れた心地になった。

ソース？　そんなものいいじゃないか。

早く、早くアジフライを食いたいのに！

だが結城さんは、俺の体を使って素早く立ち上がると、冷蔵庫からソースを取り出した。

もちろん、「てしをや」がいつもフライ定食に添えているトップソースのものではなく、隠し味に使っているひふみ食品のものをだ。

（単に回し掛けてももちろん美味しいんですけど、ここに辛子を混ぜると、また味わい深くなりましてね）

「おお……」

喉から唸り声のような相槌が漏れる。

それは確かに美味しそうだ、という思いと、そんなのどうでもいいから早く食わせてくれ、という飢餓感とが混ざり合った結果だった。

アジフライを前にすると、男は日本語を忘れた一匹の獣になるんだよ。

（ウスターソースは中濃ソースに比べればスパイシーだったり、辛口だったりすることが多くてですね。うちのウスターも、ご多分に漏れずというか、ここぞとばかりにスパイスの魅力を詰め込んだ味わいになっています）

そんな俺の渇望をよそに、結城さんは優雅な仕草で深皿を取り出し、説明を加えながらソースを注ぎ入れる。

途端に、つんと酸味だった香りが鼻腔(びこう)をくすぐり、それを吸い込んだ結城さんは、嬉しそうに笑った。

（なので、ケチャップを少々足すとマイルドになって、お子様受けもよくなります。が、今回はアジフライにたっぷりと旨みや油が確保されているので、ソースのほうもあえてスパイシーさを増して、アジに対抗していきましょう）

たっぷり注いだソースに、チューブの辛子を少量加え、よく混ぜる。

小皿に分けたそれを、結城さんはもったいぶった仕草でアジフライに垂らした。

オレンジ色の照明をきらきらと弾きながら、茶色のソースがとろりと衣の間を伝ってゆく様ときたら！

（めしあがれ）

結城さんが促してくれる、その一秒前にはもう俺はフライを頬張っていた。

「ん！」

思わず声が出てしまう。

食べてみてようやくわかる。

アジフライにはソースが必要だった！

熱々のフライと、ひんやりと冷たいソースのこの対比。

ソースが染みこんだ結果、衣が柔らかく沈んでいる部分も堪らない。

嗅いだときは酸味が目立って感じられたソースなのに、揚げ衣と混ざると、こんなにまろやかになるのか。アジの塩気、油を吸った衣の旨み、それらを一切妨げず、むしろ引き立てる、フルーティーな酸味。最後にふわっと辛子の香りがやってきて、つんとした辛さが味全体を引き締める。

「う、うま……っ」

大げさでなく箸が止まらず、あっという間に一尾を平らげてしまった。

ソースって、こんなに食欲を増進させるものだったのか。

「どうしよう……もう一尾だけ揚げて、俺たちで食べちゃいませんか」

(それは光栄なんですが)

真顔で呟くと、結城さんは軽く笑って肩を竦める。

(残念ながら、間の悪い須田さんが、来てしまったようですよ)

「えっ」

驚くと同時に、ガラッと扉が開かれる。

「こんばんは。遅くにすみません、お店、まだ、開いてますか?」

がっしりとした体格に、短く髪を刈り上げた、若々しく精悍(せいかん)な容貌。

きちんとネクタイを締めていた結城さんとは対照的に、どこかラフで、世慣れた雰囲気の男性が、店の入り口に立っていた。

＊＊＊

「ここにこんな定食屋さんがあったんですね。俺、この時間に結構このへん通るんですけど、全然気付かなかった」

カウンターに腰を下ろすや、きょろきょろとあたりを見回す須田さんは、まるで大型犬のような印象だった。つまり、がたいがよくて、人なつっこくて、好奇心旺盛。

背筋を正して腰掛ける姿勢といい、手を拭き終えたおしぼりをきちっと畳む様子といい、結城さんのいう「偉そう」とか「力任せ」といった評価とは異なり、ずいぶんな好青年ではないかと俺は思った。

しかも、差し出されたお冷やにもわざわざ「ありがとうございます」と頭を下げ、厨房が視界に入ると「わあ、きれいにしている、素敵な店ですね」とにこにこするのだから、なおさらだ。

（爽やかな言動に騙されてはいけませんよ。あれはハゲタカの目つきです）

えっ、と思う間もなく、須田さんが「あれっ」と小さく声を上げ、続く発言で、俺は結城さんの意図するところを理解した。

「そこに出ているのは、もしかして、ひふみ食品のソースですか？　珍しいですね」

須田さんは、無邪気に店内を見回している態で、その実、ソースや調味料にどこの商品が使われているかを確認していたのだ。

結果、辛子ソースを作るため、厨房に出しっぱなしにしていたひふみ食品のソースを目に留めたらしい。

「業務用スパイスならともかく、ひふみのソースってあんまり見ないんですけどね。もしかして、結構ソースにこだわりがあります？」

（いくらソースがトップさんの独擅場だからって、嫌みったらしい。だいたい、勝手に厨房を観察するなんて不躾ですよね。マナー違反だって言ってやってくださいよ）

いやいや。厨房に入るなり真っ先に冷蔵庫を確認した結城さんに言われましても。

「はは……詳しいんですね」

「すみません、不躾に！　実は俺、調味料メーカーに勤めていて、職業柄気になっちゃうんです。売り込みとかは全然するつもりないんで、気にしないでください。あっ、でも、もし気になる調味料があれば、サンプルお持ちしますよ」

結城さんの伝言を、極力無難な形にアレンジして伝えると、須田さんはにこっと笑みを浮かべる。はきはきとした発言に嫌味はなかったが、同時に遠慮もなく、あっという間に距離を詰められたのを感じた。一ターンの会話で、さらっと自己開示して警戒を解いて商品を売り込むその手腕、すごすぎる。

なるほど、結城さんとはまた異なる形で、ぐいぐいと来るタイプだ。どちらも愛社精神が強そうだから、似た者同士、一層ソリが合わないんだろうな。

「ええっと、調味料メーカーというと、どちらの……？」

「トップソースです。このたび、まさにそちらの、ひふみ食品とも一緒になったんですが。これからもご愛顧よろしくお願いいたします」

すでに知ってはいたが、水を向けてみると、須田さんは厨房に出したひふみソースを指差しながら応じる。

「ああ、買収したんですよね。ますます大手じゃないですか」

「よくご存じですね。でもそんな、大手だなんて、全然」

ただ、こちらのお愛想に対しては、なぜだかちょっと、笑みに躊躇いを滲ませた。

「……ひふみさんのノウハウや情熱を学ばせてもらって、一層食卓の役に立てる会社を目指していきたいと思っています」

（ふん、きれいごとを）

須田さんは無難にまとめたと思ったのだが、途端に結城さんが鼻を鳴らす。

（なにが「学ぶ」ですか。分科会会議の一回目、統合スローガンを決める際に、そちらが

冗談めかして「それぞれの分を弁えて」って提案したこと、忘れてませんよ）

うわあ……統合会議の現場って、そんな寒々しいスローガンの決定から始めるのか。

トップソースとひふみ食品の場合、大が小を食う形の買収だったから、きっと結城さんたちは、そうした嫌がらせのような冗談も、笑ってやり過ごすしかなかったんだろうな。

（もっとも、私も「呉越同舟」と提案させてもらいましたが）

いや、やり返してた。

統合のスローガンにそれはだめだろう、結城さん。

結局スローガンは、「未来の食卓をともに見つめて」という、きれいごとの手本のようなフレーズに決まったそうだが、うん、読めてきたぞ。

二人はずっとこんな感じで、テーブルを挟んで嫌味の応酬を続けていたんだな。

「ええっと、注文を――」

「あっ、それなんですけども、すみません、この時間、出せるメニューに限りがありまして。ただ、アジフライなら、すぐにできるので、とってもお勧めです！」

壁の品書きに視線を走らせはじめた須田さんを制し、すっかり板に付いた口上を述べる。

店側が勝手にメニューを決めてしまうという行為に、最初は気が引けたものだったが、経験上、神様が導いたお客さんというのは、取り憑いた魂が用意してくれた料理こそを求めているものなのだ。

「あー……、アジフライ、ですか？」

だが意外なことに、須田さんはきはきとした話し方を引っ込め、少しだけ、表情を翳（かげ）らせた。

「はい。あっ、アジフライ定食なら、トップソースさんのソースを添えることもできるので、その意味でもお勧めです」

（は？　さっきあれだけの感動体験をしておきながら、まさかことここに及んでトップさんのソースを使います？　させませんよ、そんなこと）

途端に脳内の結城さんがドスを利かせてくる。

いやだって、確実に須田さんがアジフライを注文するように背中を押したかったんだよ。

「いや、えーっと、実はソースは二種類ありまして……トップソースと、ひふみソースから選べます」

苦肉の策として、選択制にしてみる。

すると須田さんは、「いえいえ、お気遣いなく」と苦笑し、居住まいを正した。

「いつものお店の味で出してください。きっと、ひふみソースなんですよね？」

くっきりとした眉、その下の意志の強そうな目が、ほんのわずかに細められ、厨房に置かれたひふみソースを見つめている。

「ぜひ、食べたいです」

(おやおや、殊勝(しゅしょう)な)

結城さんは目を瞬かせたが、続く須田さんの言葉を聞くと、すぐに渋面(じゅうめん)になった。

「なにしろ今後は、このパッケージを見ることもなくなりますし」

(嫌味ですか)

本当に、ソリの合わない二人である。

アジの下ごしらえは済んでいたので、再び油を熱し直し、残してあった二尾を順に揚げていく。その間に白飯と味噌汁、粕漬けをよそい、キャベツなどの付け合わせを用意して、瞬く間にアジフライ定食を完成させた。添えるのは、須田さんの要望通り、先ほど結城さんが用意してくれたひふみ食品のほうのソースだ。

生ビールも注文してくれたので、ジョッキに注いでおく。

ビールにアジフライ。うん、完璧な晩酌(ばんしゃく)だ。

「お待たせしました」

「ありがとうございます」

定食とビールをカウンターに並べると、須田さんは礼儀正しく頭こそ下げたが、一向に箸を付けない。申し訳程度、ビールを一口啜り、あとは湯気を立てるアジフライを、いや、その横に添えられたソース入りの小皿を、やけにじっと見つめていた。

「あの……お好みで、ソースと一緒にどうぞ」

押しつけがましくならないよう促すと、須田さんははっと我に返り、箸を取る。

小皿を取って、箸に伝わせながら、ソースを一回し。

さくっと箸の先でアジフライをほぐし、茶色く濡れたそれを頬張って——。

「………」

一回、二回、三回。ゆっくりと咀嚼した後、唐突に顔を歪めた。

「これ」

ごく、と飲み下した後、ぽつりと呟く声が、掠れている。

「辛子、入ってるんですね」

「あっ、すみません！　もしかして、辛いの苦手でしたか⁉」

今さら気付いて、青ざめた。

そうだ。ひふみ食品のソース、ということばかりに気を取られていたが、これは辛子入りのソースだった。もしかして結城さん、須田さんが辛いものが苦手と知って、これを仕向けたのではなかろうな⁉

「いえ」

だが、俺の心配をよそに、須田さんは小さく首を振った。

「好きです。辛いのが好きで、香辛料に強い会社に入ったくらいですから」

どうやら杞憂であり、冤罪だったらしい。

（そうですよ。彼、自社商品の宣伝も兼ねてマイ唐辛子を持ち歩いているくらいだから、全然心配しないでください）

ふん、となぜか偉そうに告げる結城さん。その声を聞き取れない須田さんは、「ただ」と続けた後、何度か口を開閉し、それからぽつりと、こうこぼした。

「ちょっと……思い出しちゃって」

呟いた途端、慌てておしぼりを取り、さっと目尻を拭う。

すみません、つんときちゃった、と辛子を言い訳にしたが、一拍置いて、やはりそのごまかし方を自分で受け入れられないと思ったのか、彼は困った顔でおしぼりを下ろした。

「もしかしてこのお店、ひふみさんの人が、通っていたりします？」

「え？」

「ひふみソースを使ってるし……ひふみさんの社食で出てくるアジフライのソースと、同じ味がするものだから」

一気に核心に迫られた俺は、おお、と声を上げそうになった。

さすが食品のプロ。味を手掛かりに、これが誰の差し向けた料理なのか、自力で答えにたどり着こうとしている。

「ひふみ食品の社食で食べたことがあるんですね。統合すると、社食も同じになるんですか？」

「いや、そういうわけではないんですが。統合前に、特別に、ひふみさんの社員に食べさせてもらったことがあるんですよ」

須田さんは正確を期するように答え、そこでまたちょっと、切なそうに眉を寄せた。

「すごく、お世話になった人だったんです」

嫌味など滲む余地もない、素直で、寂しそうな声だった。

「そうですか。素敵な方だったんですね」

「いいえ、全然」

んっ？

俺がぽかんとしている間に、須田さんはジョッキを取り上げると、先ほどの弱気な口調ごと飲み込んでしまうように、一気に半分までを飲み干した。

（うわ、何やってるんですかね。お酒は弱いと言っていたくせに）

呆れる結城さんの前で、須田さんはぷはっと口を拭い、ジョッキを置く。

その目の端が、ほんのり赤らんでいるのは、先ほどおしぼりで拭ったからなのか、早くも酔いが回ったからなのか。

「俺が今まで出会った中で、一番嫌味で、一番性格が悪くて、一番攻撃的で、一番腹立たしい人でした」

目が据わっている気がした。

「へ、へえ。そうなんですね」

（ふーん？　へーえ？）

俺の中の結城さんが、今にも唇を引き攣らせそうなほど荒ぶっている。

頼むから、人の体を使って関節をぽきぽき鳴らそうとするのは止めてくれ。

「さっきも言ったように、ひふみさんと弊社って、まさに今日統合したんですよ。その準備のために、半年くらい前から両社で人員を出し合うんですよね。それで、ひふみ側からやって来たのが、その人だったんですが、とにかくすごく、鼻持ちならない人でした」

得意でないアルコールの影響か、あるいは、これも神様の計らいなのか。

須田さんは徐々に描写をオブラートに包むことも忘れ、語りはじめた。

売上規模で考えれば、トップソースにとって、ひふみ食品の買収など、駄菓子屋でおやつを買うようなものだった。

少なくとも、須田さんはそう言い含められて、分科会の主担当の役割を任された。

営業職上がりの、総務部としては新人の二十七歳と、あちこちでキャリアを積み、総務歴も五年となる三十七歳の相手が、同じ役職というだけで、力関係はお察しだ。

これまでの例に則れば、食われる側は神妙にというか、上司の表現を借りるなら「分を弁えて」、粛々と統合作業に臨むのが常だった。

買う側であるトップソースの意向を呑み、従い、社員の手前、多少抵抗はするものの、最終的には資金力で圧し負けて、こちらのいいようにされる。

ところが、ひふみ食品にはその常識が通用しなかった。

いや、厳密に言えば、総務分科会の結城雪彦には通用しなかった。

ほかの分科会――給与の額を決める経理分科会や、工場閉鎖を決める製造分科会でさえ、すんなり話がまとまったというのに、総務分科会だけが頑なに、自社の主張を譲らないのだ。よりにもよって、社員食堂なんかのことを！

「サラリーマンにとって、名刺交換ってカードバトルみたいなもんじゃないですか。そこに書かれた社名や肩書きを見ると、それより『弱い』と自覚している人間は、途端に怯む。なのに彼、トップの名刺を見た途端、『わあ、シンプルな名刺ですね』と笑ったんですよ」

シンプル、の言葉には、「無個性」だとか「ダサい」といった侮辱(ぶじょく)のニュアンスが含まれているのを、須田さんは即座に察知した。

というより、なにげない言葉の中に、そうした毒を含ませるのが、結城さんはとても得意だった。

大人しく食われてやるつもりはない。覚悟しろ。

名刺交換の時点で叩きつけられたメッセージを須田さんは受け取り、かくして二人の戦いは始まったのだ。

「彼、平気な顔で要求を突き付けてくるんです。『買収？　統合と書いてください、我々は対等でしょう。引っ越し業者？　こちらが決めます、雑用係なので。費用？　うちは食われる身なんですから、そちらが持ってくださいよ、貧しいんですか？』。こんな感じで」

状況に応じてしれっと主張を変える結城さんの姿がありありと想像できてしまい、申し訳ないけれど笑いそうになった。

しかも彼がすごいのは、ただ感情的に要求を並べ立てるだけでなく、法律や過去事例、見積もりといった資料をずらりと並べ、「ひふみ側の主張を通したほうがよさそうだ」という状況に持って行くことだった。

入念な根回しに、トップソース側は手も足も出ない。

必然、総務分科会はひふみ側の要求を受け入れ続けることとなり、それはやがてトップソース社に苛立ちと焦燥を生み、社員食堂について協議する頃には、分科会の空気は一触即発の様相を呈していた。

「元々うちの人間は、体育会系な気質も手伝って、お上品なひふみの社風には反発があったんです。弱小メーカーなのに、高利益ジャンルでシェアが高いから、殿様商売ができる。こっちは広告にも金かけて、泥臭い営業もして、必死でやってるのに、って」

トップソースは業界二位。

巨大な組織を支え、さらに首位を狙うのには、熾烈な競争も辞さない闘争心と、清濁併せ呑む気概が必要だ。

そんな彼らにとって、ひふみ食品の「いいものを作ろう」「仕事を楽しもう」といった姿勢など、きれいごと、いいや、ままごとのようにしか見えなかった。

「社員食堂の件もそうです。頑として食堂閉鎖を呑まない。こっちは、取引先の外食企業が運営する食堂と契約しているから、それを維持しなきゃならないという、合理的な理由があるのに、向こうの理由は『社員のやる気に繋がるから』ですよ。受け入れられなくて」

さしもの結城さんも、社員食堂保持の理由を「合理的」に説明することには苦労したらしい。

思い出の場所、社員交流の場、モチベーション促進の場。

それらはどれも、定量的に価値を表現することができないからだ。

「感情的な理由しかないなら、社員食堂の件は撥ねのけられるかもしれない。初めて相手から白星を取れるかもしれないと、うちも意地になっていました。でも、向こうも意地になっていたのは同じでしたね。最後には両社の社長まで出てきて、連日大論争です」

議論は長引き、過熱した。

だがちょうどその頃、トップソースでとある事件が起きる。

よりによって主力商品のソースで、異物混入事件が発生したのだ。

「……あのときは、嵐みたいでしたね」

早くも酔いが回ってきたのか、須田さんはジョッキを置き、とろんとした目を前髪ごとごしごしと擦った。

「統合前の危ういタイミングで、主力商品で、事故起こしちゃって。回収に、お詫びに、代替品配送。お客様からの電話が鳴りやまなくて……営業から総務から、とにかく全社員でフロアに籠もって、お客様相談室の臨時係員、やりましたっけ」

(食品メーカーにとって異物混入は、それほどの打撃ですからね)

同業者だからか、結城さんも混ぜ返すことはせず、神妙に同意する。

とにかくそれで、トップソース側は、打合せどころではなくなってしまったらしい。

だが統合日は決まっている以上、準備は進めなくてはならない。多くの社員が、残業時間を増やし、睡眠や食事の時間を切り詰め、目の下に濃いクマを作って働いた。

「ある日、分科会の打合せがひふみ側の本社であったんですが……そのとき、俺、三日くらいろくに食ってなくて、ふらふらしてたんです。そうしたら、嫌味三昧のはずのその人が、顔を見た途端ぴたっと嫌味をやめて、『今日は打合せ、なしにしましょう』って」

腕を引かれるようにして連れて行かれたのは、ひふみ食品の社員食堂だった。

そこで彼は恩着せがましく「一番高いアジフライ定食を奢って差し上げましょう」と笑い、一食三百五十円の定食を、それはもったいぶって、須田さんに振る舞ったらしい。

「一口ごとに、やれソースがいいだとか、うちは福利厚生が充実していて、社員は三食自由に食べられるんだとか、自社自慢が挟まるんですけど……たしかに、美味しかった」

　この体調で、こんな量の揚げ物など入らないと思っていたのに、辛子の利いたソースが食欲をそそり、気付けばぺろりと一皿を平らげていた。

満腹感と眠気で視界をぼんやりさせたまま、食堂を眺めた。

どの社員も笑顔で、健康そうな顔色をして、楽しげに食事をしていた。

交流の場、やる気促進の場。

　馬鹿らしいと一笑に付していた社員食堂の価値を、自らの体をもって、まざまざと思い知った気がした。

「ちょうどその翌週、統合に際して両社で希望退職を募ったんです。事前の予想ではもちろん、食われる側のひふみが多くて、うちはゼロのはずでした。でも、蓋を開けてみたら……ひふみはゼロで、うちは、五十人以上いたんです」

　愕然とした。

　次々と周辺企業の買収を決め、ますます躍進する大企業に勤めているというのに、トップソースの社員は、会社にほとんど愛着を持っていなかった。激務にさらされ、体を壊す者も多くいた。

　一方でひふみ食品は、愛社精神が強く、社員の満足度も高く、三食が保証される社内制度のおかげで皆、健康状態も良好。

異物混入騒動のせいでますます多忙を極めるトップソースの人間が、次々と過労で倒れるのを横目に、ひふみ食品の社員は、悠々と仕事を続けていた。

「アジフライの甲斐なく、その週にとうとう俺も倒れちゃって……初めて一週間、会社を休みました。復帰日なんて、仕事がどれだけ溜まっているか、想像もつかなくて、そもそも俺の席は残ってるのか、とか、吐きそうになりながら出社して、メールを開いて――」

そしたら、と、須田さんは笑みを浮かべようとして、わずかに口の端を震わせた。

「統合関連の仕事を、その人が全部、片付けてくれてました。慌ててお礼の電話をしたら、『じゃあ今度、アジフライ定食を奢ってください』って。それだけ。なんかもう……泣けてきちゃって」

たった三百五十円と値付けされた「貸し」。その途方もなさに、涙が込み上げた。

その日を境に、須田さんはひふみ食品への認識を改めた。

感傷的なんかではない。彼らは道理に適ったやり方で社員を結束させ、質の高い業務を提供しているのだ。

商品や食事にこだわるのは「きれいごと」なんかではない。メーカーがものに、わけても食品メーカーが食事を大切にするのは、当然のことであり、本質的な姿勢ではないか。

自分だって、膨大な練習をこなした部活時代、力を漲らせてくれる食事の力に惚れ込んだからこそ、食品メーカーを志望したはずだろう、と。

「次の打合せからは、態度を改めようと思いました。今度はあの食堂で、俺がアジフライ定食をご馳走する。ただし、トップのソースを持って行って、『うちのソースだって捨てたもんじゃないでしょう』って掛けてやろうって思った。なのに」

滑らかに話していた須田さんが、不意に言葉を詰まらせた。

すみません、と呟いて、再びおしぼりを手に取る。乱暴な手つきで目を擦ってから、彼は諦めたように、ぽとりとおしぼりを落とした。

「その矢先に、彼――亡くなって、しまったんです」

打合せを一週間ほど延期してほしい、と先方から連絡が入ったとき、須田さんはまだ状況を軽く見ていた。なにしろこちらも一週間休んだ身だ。意趣返しかとすら思った。

実は入院したらしい、検査だけのはずが長期入院になったらしい、と周囲から断片的に情報が入りはじめて、心配したものの、それでもまだ楽観的に構えていた。

だって自分は回復したのだ。自分以上に健康的な生活を送っている結城さんなら大丈夫、と。

同僚から義理の見舞いに誘われても、統合前の難しい時期だからと断った。体裁だけ取り繕う行為は嫌がりそうだ、とわかるくらいには、相手のことを知っていた。

同時に忙しかった。結城さんという相方がいないぶん、今度は自分がすべての仕事を引き受けなくてはならない。早速恩返しだと思えば、腕が鳴った。

きっと来週には退院してくる。そうしたら、今度こそ社員食堂に行こう。アジフライを頼むのだ。

就業時間後の打合せなら、酒を頼んでもいいと聞く。ならば苦手だけどビールを頼んで、この難局を乗り越えたささやかな打ち上げを、二人で先にしてしまおう――。

だがそれらの夢が叶う前に、結城さんは入院先の病院で、亡くなったのだった。

「なんでかなあ……」

俯かせた顔を片手で覆い、須田さんは途方に暮れた子どものように呟いた。

「今日、統合日で……。彼と俺の部署も、一緒になるはずで。きっと席も隣で……憎まれ口叩きながら、夜はメシ食いに行ったりするのかなって、思ってたんですけど」

掌の隙間から、ぽたりと一粒、涙が落ちた。

「もっと、話したかったな。罵られるの、今思えば、嫌いじゃなかった。自分が休んでみて思い知りましたけど、たしかにうちの会社、殺伐としてて……彼の言う通り、貧しい、のかなって」

須田さんは声を震わせながら、「最近、怖いんです」と告白した。

「怖い？」

「その人の死に、トップ側の人間が誰一人、ショックを受けてなくて。ご愁傷様だったね、って流してておしまい。立ち止まることが許されない、空気があって。それよりも、次の仕事、次の仕事。俺が死んでも、こうなのかなって」

　身を起こすと、手で隠されていた目は赤く潤んでいた。

「機械的で、社員に愛着なんてなくて。彼の言う『シンプル』で画一的な会社。自分は、そこにいるんだと思うと、なんだか不安で。ああ、違う。こんなこと、愚痴りたかったわけじゃ……そうじゃなくて、ただ、彼が生きている間に、もっと」

　懊悩する、ということに慣れていない人なのだろう。

　悩みや悲しみは、公式みたいに整理されているわけではないし、入り乱れて当然だ。なのに、感情を滑らかに言語化できない自分を恥じるように、ぐしゃぐしゃと短髪を掻き乱し、結局須田さんは、今の気持ちをこう表現した。

「……アジフライで祝杯、上げたかったな」

　ぽろりとこぼれた言葉を追いかけるように、一粒だけ、涙がカウンターを叩いた。

（参ってますねえ）

　そのまま、顔を隠すように突っ伏してしまった須田さんを見て、結城さんが呟く。

（以前、真っ青な顔をして打合せに来たときも、こんな感じでしたよ。空腹になると、ネガティブになるんでしょうね。あれだけ強かった愛社精神まで薄れさせてしまってまあ）

　心底同情するというよりも、面白がっているような口ぶりだ。

　いやいやいや、結城さんを偲ぶあまりこんなに気弱になっていると思うんですが、反応はそんなにドライでよいのでしょうか。

(悪いんですけど、彼に教えてやってくれますか)

だが、苦笑しながら、こっそり囁かれた内容に、俺ははっと目を見開いた。

「あの」

意を決して、須田さんに呼びかけてみる。

「実は……そのソースに混ぜてある辛子、御社のですよ」

「えっ?」

効果はてきめんだった。

彼は条件反射のように「弊社の?」と勢いよく身を起こし、躊躇いなく指先をソース部分に突っ込み、舐め取ったのである。

「……言われてみれば」

「それでわかるの、すごいですね!?」

(そりゃ、本気を出せばわかりますよ。プロですから)

結城さんはこともなげに言うが、ひと舐めでソースの中に混ざった辛子の銘柄を当てるなんて、一口でワインの醸造年を言い当てるソムリエくらいにすごいことだと思う。

「うわ……気付かなかった。ひふみソースのほうばかりに気を取られて。え、でも、これ、社食で食べたのと同じ味だよな……ってことは、え……?」

（そう。うちの食堂でも一部、御社の商品を使用していましたよ。統合の前からね）

額を押さえ、ぶつぶつと呟く須田さんに言い聞かせるように、結城さんが笑った。

（ソースも生姜もパウダースパイスも、うちのほうが遥かに美味しいですけどね、辛子はトップさんもいい線行ってます。安いし、味のバランスもいい）

いわく、ひふみ食品のスパイスやソースは、大変に美味しいのだが、時に個性が強すぎて、味がまとまらなくなることがあるらしい。そうしたときは、ひふみ食品は社員食堂であっても、競合の商品を使ってしまうのだそうだ。

こういうのを真の余裕と呼ぶんです、と胸を張ってから、結城さんは続けた。

（愛するひふみを食ったという点で、「くそ忌々しい」の枕詞は外せませんが、正直、統合するのがほかの会社ではなくトップさんだったのは、幸運だったと思っていますよ）

声が、優しい。

結城さんが、須田さんに料理を振る舞った理由は、きっとここにあるんだ。

直感した俺は、ぐっと拳を握り、カウンターに向かって身を乗り出した。

「あの。先ほどから気になっていたんですが、もしやお客さんの言う、ひふみ食品の人って、結城さん——結城雪彦さんじゃありませんか？」

思い切って踏み込むと、須田さんがぱっと顔を上げる。

「え？」

「実は、仰る通り、ひふみ食品の社員――結城さんが、うちの店によく通ってくれていたんです。すみません、なかなか確信ができなくて。でも、結城さん、よく須田さん――須田さんですよね？　あなたのことを話していたから、そうじゃないかなって」

「そんな、まさか」

須田さんの表情の変化は劇的だった。驚喜に顔を輝かせ、だが次の瞬間には、「こんな偶然を信じていいのか」と言わんばかりに目を瞬かせる。

「あの……俺のこと、なんて言っていましたか？」

「え？　それはええと、そうですね、若いのにしっかりしている、みたいな」

「正確に」

「十も年下のくせに同じ仕事をしている、大企業風を吹かせた偉そうなやつ、って言ってました」

ぐっと真顔で詰め寄られ、迫力に呑まれた俺が早口で真相を告白すると、須田さんは怒るよりむしろ、放心したようにどさりと椅子に体を投げ出した。

「……本物だ」

口の悪さで本人確認される魂は初めてである。

（失礼な。まあいいでしょう。それで、こう伝えてくれますか？）

結城さんは悪びれもせず、眼鏡のブリッジを持ち上げる仕草をすると、俺にこんな言葉を言わせた。

「『トップさんは、社員や商品以上に、お客様を大切にしすぎるんですよね』」

と。

「結城さんが、よく言っていました」

「え……」

須田さんが、静かに息を呑む。怒られると覚悟していた相手から、思いがけず褒められたときの、子どものような顔だった。

（トップさんの社是ってね、「お客様との約束を守る」なんですよ。値上げはしない。絶対にどの店にも商品がある状況を確保する。味も変えない。おかげで、しわ寄せが下請けとか競合とか、社員に向かうんですけど）

統合分科会を通じて、まざまざとトップソースの企業文化を体感したのだろう、結城さんが滑らかに説明する。

調味料とは、字のごとく味を調（ととの）えるもの。調える側の味がころころ変動しては、それを助けに料理していた消費者が困ってしまう。だから変えない。スパイスの癖も極力削（そ）いで、流行に左右されず、さりげなく食卓に馴染む「シンプルな」味にする。

商品自体にリニューアルや新発売といったニュースが少ないから、商売は広告と、商談頼みだ。必然、派手で洗練された広告と、泥臭い営業が、矛盾なく両立することになる。

（「広告ばかり上品ないけすかないトップソース」とは言いましたよ。でも正確に言えば、「広告ばかり上品で、社員は泥にまみれながらお客様との約束を果たしに行く、いけすかないトップソース」、です）

結城さんの言葉を、俺が極力そのままに伝えると、須田さんは気弱な相槌を寄越した。

「そうですかね……」

すっかり自社に自信をなくしてしまっている様子の彼に、結城さんは「仕方がないなあ」と言わんばかりの溜め息を落とした。

（私は、フライ系の中で一番、アジフライが好きなんですけど、それはトップさんのせいですからね）

そして、意外な過去を語りはじめた。

（私も数年だけ、スーパーへの営業をやったことがあったんですが、ひふみは営業社員も少ないですしね、本部で商談だけして帰るんです。でもトップさんは、どんな営業も、必ず店舗まで足を伸ばしていました。辺鄙（へんぴ）な場所にある、小規模な店舗にまで）

店舗を視察するだけでなく、販促物を自ら並べたり、商品の陳列まで行った。極めつけには、ソースの売上げ貢献に少しでも繋がるよう、必ず、スーパーの弁当を買って帰っていたという。フライ弁当には、多くの割合で、ソースが掛かっているからだ。

（一人じゃ食べきれないからと、トップさんの営業からは、よくお裾分けをされました。

消費期限の問題か、アジフライが多かったですねえ。そこまでするかと呆れましたが……でもたしかに、スーパーの方は喜んでいたし、貧乏だった新入社員の私も助かりました）

他愛のない一幕を披露すると、須田さんの目が潤む。

「たしかに……俺も、先輩の教えで、そうしろって……」

おそらくそれは、トップソースの人間が、無意識に継承していた行為だったのだろう。

（だからね）

ここが大事、とばかりに身を乗り出した結城さんの声を、俺は聞き取る傍から須田さんに届けた。

「もっと自信を持ってほしい。トップさんは、社員が頑張りすぎてしまうほどに、お客様を大切にする会社だって、結城さん、言っていました」

ぽろりと、せっかく収まっていた涙が、須田さんの目からこぼれていく。

「それともう一つ」

結城さんが操るまま、俺の腕が、カウンターに置かれた辛子ソースを指し示す。

「統合したら、お客様を大切にしすぎるトップさんの文化と、社員を大切にしすぎるひふみの文化が、ほどよく混ざってくれたらいいですね――って、そう言っていました」

須田さんは俯き、慌てて片手で目を覆ったけれど、口からこぼれる嗚咽のほうは、堪えきれないようだった。

「ずるい、本当……俺の知らないとこばかりで、……そういう」

彼は震える声で、休職した自分に代わって作ってくれた資料には、トップソースを称える内容が記されていたと告白した。

日頃の嫌味な態度など、おくびにも出さない。トップソースがいかに業界の雄としてふさわしく、ひふみ食品がいかにパートナーとして最適で、この統合がいかに輝かしいものであるかを朗々と語る、素晴らしいリリース原稿だったと。

「社交辞令かなと、思ってたんですけど……少しは、本心、だったんですね」

（失礼な。私は、嫌味は言いますが、嘘はつきません）

結城さんは、自慢になるのかわからない内容について胸を張り、それから、居住まいを正して、震えている須田さんを見つめた。

（御社は「社員（みうち）」に厳しいので、ひふみが「お客様」であるうちに、すべての要求を通す必要がありました。失礼な態度もあったこと、お詫びします。ですが、おかげで、社食を守れた。御礼申し上げます）

真摯（しんし）な声で告げられた内容に、はっとする。

「あの。もしかして、ひふみ食品の社食って、残せたんですか？」

結城さん、すごくそこを気にしていたから、と時系列に配慮した言い訳を付け加えると、須田さんは涙に濡れた顔を上げ、「はい」となんとか笑みを浮かべた。

「人事や広報を巻き込んで、社食の従業員も建物も丸ごと、保持してもらいました。……ちょっと、強引でしたけど」

(豪腕でしたよ。希望退職続出を受けて、わかりやすい福利厚生対策を求めていた人事と、キャッチーなネタを求めていた広報に、社食を救世主のようにぶら下げて)

元ひふみ食品の社員食堂は、統合後の社員の福利厚生施設、また、スパイスの魅力を研究する情報発信地として活用されることになったらしい。

「結城さん、きっと、すごく喜んでいると思います」

「そうだといいんですけどね。結城さんの資料を転用しただけだから、手柄を横取りかって、嫌味を言われるだけかもしれないです」

(言いませんよ、失礼な)

「言いませんよ。結城さんの数々の嫌味は、統合前に——『身内』になる前に、ひふみ食品の要求を通すための、パフォーマンスだったみたいですよ」

「え、本当かなあ」

須田さんが小さく笑う。表情に、徐々に明るさが滲みはじめている。

ずっ、と軽く鼻を啜ると、彼は涙をごまかすように、再びジョッキを引き寄せた。

「……でも、そうかもしれませんね。結城さん、実はすごく、義理堅そうな人だから」

(伝わってなによりです)

「今回も、死んだ後まで、こうして俺を励ましてくれちゃって。すごい人ですよ」

（須田さんこそ、私が死んだ後まで、社食を守って義理を果たしてくれたじゃないですか）

「……アジフライの貸し、返したかったなあ」

（あなたの先輩が、新入社員の私にしてくれた「アジフライの貸し」を、返したまでです。お気になさらず）

ビールの気泡のように、ぽつり、ぽつりと浮かんでは消える独り言を、結城さんが拾い上げて会話にしていることを、須田さんは知らないはずだ。

だが彼は、まるで結城さんの声が聞こえでもしたように、「よし」と顔を上げ、おもむろに箸を取った。

「なんか、このタイミングで出会ったアジフライこそが、結城さんの思し召し、って感じがします。ありがたく、いただくべきですね」

それから、辛子ソースの刺激に誘われたように、勢いよくアジフライを食べはじめた。

（そうそう、その意気です）

彼がすんなり立ち直れたのは、きっと、結城さんのアジフライで心を立て直した経験がすでにあったから。

須田さんは、体育会系らしい箸捌きでアジフライを食べ、味噌汁を飲み、白飯を掻き込み、ビールをぐっと流し込んだ。

最後の一口を飲み下し、箸を置きながら「美味かった」としみじみ呟く。

そのとき、一度だけなにかを堪えるように目を瞑ったのは、きっと、得意でないというビールが、苦すぎたからだろう。

次の瞬間には、ぱっと顔を上げ、きっと本来の表情なのだろう、晴れ晴れとした笑みを浮かべた。

「ごちそうさまでした」

きっともう、大丈夫。

そう確信できる笑みだった。

(まあ、また落ち込んだら、ひふみのアジフライでも食べに来ればいいですよ)

結城さんは、あくまでも悠々とした態度を崩さなかった。

その後須田さんは、礼儀正しく皿をまとめ、お釣りなしとなるように会計を済ませ、店で涙を見せたことや、酔ってぺらぺらと弱音を吐いてしまったことを何度も詫びてから、「てしをや」を去った。

扉をくぐる直前、ふと振り向いて、

「最後にお目に掛かれてよかった。おかげで励まされました。ありがとうございました」

などと深々頭を下げるので、さては「視(み)える」のかと驚いたが、なんてことはない、彼の視線の先にあったのは、カウンターに置かれたままの「ひふみソース」のパッケージだ。

おかげで、須田さんが扉を閉めた後、結城さんと俺は、

（驚きましたね）

「ほんと、視える人なのかって思いましたよ」

と、ドキドキする胸を押さえながら言い合った。

なにを思ったか結城さんは、一度閉まった店の扉を開け、夜道に吸い込まれていく須田さんの背中を見つめる。それから、俺の体を使って、きれいな角度でお辞儀した。

（こちらこそ、ありがとうございました。ひふみの皆を、これからもどうぞよろしくお願いいたします）

どうやっても気付かれない距離になってから礼を言うなんて、本当に意地っ張りな人だ。

満足そうに微笑んでいる結城さんに、俺はおずおずと切り出した。

「……よかったんですか。社食を守ってくれてありがとうって、自分の言葉で伝えなくて」

会社に自信をなくしている須田さんを励ましたい。同時に、社員食堂を守ってくれた須田さんに報いたい。

だから結城さんはアジフライを振る舞ったのだろうに、後者については、「きっと喜んでいると思います」という曖昧な形でしか、結城さんの思いを伝えられなかった。

俺がもごもごとしていると、結城さんは、

（いいんですよ。社食保持が決まったのは私が死んだ後なのに、それについて礼を言うのは無理でしょう）

とあっさり肩を竦め、再びくいっと眼鏡のブリッジを持ち上げる仕草をした。

（それに、私も感謝していたなんて知らないほうが――「借りがある」と思ってもらったほうが、今後もひふみに便宜を図ってくれるかもしれないじゃないですか）

うわあ、なんたる策士だ。

だが、すぐにそうやって悪ぶるけれど、敵対関係にあった須田さんを励ますため、わざわざ現れたのだと、俺は知っているから。

「それもそうですね」

特に反論はせず、頷くに留めた。

結城さんは軽やかに笑い、ありがとうございましたと丁寧に礼を言う。

一度厨房に戻って、今後パッケージが変わってしまうという、ひふみ食品のソースを愛おしげに撫でて――溶けるようにして、消えた。

＊＊＊

「ありがとうございましたー！　次のお客様、どうぞー！」

翌日。

SNSで拡散されはじめて四日が経ってもなお、「てしをや」は大繁盛だった。

店の前には行列が絶えず、お客さんからは次々と注文が入る。

バイトの小春ちゃんに出勤日を増やしてもらって対応しているが、目の回る忙しさだ。

だがやっぱり、たくさんのお客さんに恵まれて、彼らがにこにこと料理を頬張る姿を見るというのは、実に嬉しいことだ。

高頻度で皿を洗うがために、肌がガサガサに荒れても、普段の数倍動き回るがために、足に大きなまめができて潰れても、やはり、心は喜びでぴんと張ったままなのだった。

商品を愛し、社員を慈しむひふみ食品の結城さんと、顧客との約束をがむしゃらに果たそうとするトップソースの須田さん。

昨日出会った正反対の二人のうち、俺はどちらの性質に近いかと考えるなら、後者なのかもしれない。だって、お客さんのために無心になって働くって、気持ちがいいもんな。

せっかく店に来てくれた人には、喜んでもらいたい。そのためなら、多少の無理は厭わない。

今もまた、テーブルに出されたチキン南蛮定食に向かって「きゃあ！」と華やいだ声を上げたお客さんを横目に見ながら、俺はわずかに口元を緩めた。

そんなに喜んでもらうと、照れちゃうな。

たかだか芸能人のお気に入りメニューに似ているというだけで、こんなに大はしゃぎしてくれるなら、べつに、付け合わせのキャベツを緑がちにするくらい、サービス精神の範疇だと思うんだけどなあ。

今日の昼営業が終わったら、もう一度志穂に提案してみようか——。

「哲史さーん！　すみません、お皿下げるのお任せしちゃっていいですか！」

「はいよ、小春ちゃんはそのままお会計お願いねー」

思考を逸らしていると、会計から手が離せない様子の小春ちゃんから声が掛かる。

張り切って下げものに向かった俺は、お客さんが席を立ったばかりのテーブルを見て、ふと動きを止めた。

「あれ……」

チキン南蛮が、半量ほど残されていたのだ。

「あらら」

飲食店などやっていると、残飯を見るのなんて慣れっことはいえ、最初から手を付けるつもりもありませんとばかり、ぐいと半量が皿の脇に追いやられているのを見ると、心が痛む。

うちのチキン南蛮、サラリーマンの男性客に喜んでもらえるよう、大盛りだからなあ。

今さっき席を立ったのは女子大生だったようだし――というか、ここ最近店に来るお客さんの多くはそうだ――、彼女には、量が多すぎたのかもしれない。

そう自分を納得させて、ついでにもう一席の下げものもしてしまおうと、カウンターの空席を覗き込み、そこで俺は、再び目を見開いた。

「え……」

卓上に提供されていた、チキン南蛮定食。

食べ終えて皿が空になるのではなく、ぐちゃりと丸められた鶏の皮が、タルタルソースと絡み合って端に寄せられていた。

たぶん、カロリーを気にするお客さんが、皮とタルタルソースを残していったのだ。

あれ、と思った。

うちの店で、こんなに料理を残されたこと、あったっけ。

考えて、すぐ首を横に振る。

いいや、ない。だって、「てしをや」のお客さんは常連ばかりで、彼らはいつも好物を頼み、絶対に残すようなことはしないから。

鼓動が速まるのがわかったが、意識的に深く息を吐き、動悸を散らした。

たった二件、続けざまに見かけただけのことだ。

飲食店で残飯が発生することに、衝撃を受けるほうがどうかしている。

そうとも、付け合わせのレモンやキャベツ、よそいすぎた白飯、塩分を気にされた粕漬け、出した料理を残されたことなんて、これまでに数え切れないほどある。

——でも、一番人気の定食の、それもチキン南蛮それ自体を？

もう一人の俺がぼそりと呟いた気がしたが、皿を素早く下げることで、慌ててその声を打ち消した。

開け放った窓から、春風が吹き込んでいる。

陽気が強すぎて、生温（なまぬる）くなった空気が、不穏に俺の頬を撫でていった。

三皿目　ぼくのふりかけ

たとえば「暑い」と「寒い」という概念は、ただ対照的なだけであって、どちらがより素晴らしいと優劣をつけるようなものではない。

一方で「明るい」と「暗い」を比べたなら、どことなく、前者のほうが「善」であり、より好ましいという印象があった。そうであればあるほどよい、といった印象が。

そして、「話題になる」「人気を集める」「繁盛する」といった状態も、それと同じ「善」のグループ、絶対的に好ましいものなのだと、これまでの俺は漠然と思っていたのだ。

だが、これまで意識にすら上らなかった思い込みに、今、疑問が生じようとしている。

日差しは明るければ明るいほどよいのだろうか。

脚光は浴びれば浴びるほどよいのだろうか。

温かで、眩しくて、ふわふわと足が浮かび上がるような春めいた心地。

ともすればそれは、足元をすくわれる寸前の、心許なく不穏な状態なのではあるまいか。

「残飯、多いな……」

昼営業を終えた後の中休み、生ゴミをまとめながら、俺は小さく呟いた。

手にしているのは、透明なビニール袋だ。

営業中、穴付きのゴミ箱に入れて水気を切っておいた残飯や調理くずを、厚めのビニール袋に入れてしばり、さらに指定のゴミ袋に入れる。

普段なら残飯は、せいぜい付け合わせの野菜や、余ってしまった味噌汁の具が両手に余る程度、といった量なのに、今は四十リットルの袋がいっぱいになるほどである。

チキン南蛮の甘酸っぱいたれ、油たっぷりの揚げ肉、具だくさんのタルタルソース、それらが袋の中でキャベツや白飯とぐちゃぐちゃに絡み合い、なんとも言いがたい匂いと、明度の低い色彩が、見る者の気分を沈ませた。

ちょうど、春雨(はるさめ)がしとしとと降りはじめたものだから、なおさらだ。

――やだな。

そんな素朴な感想が、胸に兆(きざ)した。

SNSで「勝負メシ」が拡散されてから、十日ほど。

途中、二日の定休日を挟んでもなお、「てしをや」のチキン南蛮を求めるお客さんは絶えず、行列は日を追うごとに長くなる有様だった。

これ、いつまで続くんだろう。今後、もっとひどくなっていくのだろうか。

原因はわかっている。

最近急増した、若い女性客だ。

彼女たちは、食事をしに来ているというよりは、話題のチキン南蛮を撮影しに来て、そのついでに食事を摘まんでいる。

食事を口にする瞬間、彼女たちは「美味しい」「最高」と大はしゃぎするのだが、それはチキン南蛮定食に向けられたものではない。皿に付加された情報に対する興奮だ。

そして「これが話題の一皿である」という情報は、スマホで撮影した瞬間、その半分が消費されてしまう。すべての料理を一口ずつ摘まみ、感想を述べるに足る味わいを確認したら、もうすべてを消費しおおせたと言っていい。

皿の上に残るのは、単なるカロリーの塊だ。だから、残す。

だがそれに対し「残さず食えよ」と怒るのは躊躇われた。だって、純粋にチキン南蛮を食べたくて、でも小食で入らなくなってしまったという事態も、十分にありえるからだ。どうしても好みに合わない味に当たってしまい、やむをえず残すことだってあるだろう。やはり彼女たちには、この量は多すぎるのだろうか。だったら、小盛りのメニューを用意すべきだろうか。それなら、値段も相応に下げるべきか。

だがこの目も回るような忙しさの中、人ごとに提供する食事の量を変え、価格帯を一層煩雑にするなんて不可能だ。

だいたい彼女たちは、自分が目にした投稿と「同じ」画像、つまり、どっしりと積み重なったチキン南蛮や、山のように盛られたキャベツが撮りたいのだから、小盛りなんて用意しても、結局注文はされないだろう。

注文がチキン南蛮ばかりに偏るものだから、食材発注のリズムもだいぶ崩れてしまった。もも肉はまとめ買いができて多少安くなるが、卵液を多く使うから卵高騰の影響も免れないし、新規客に押されて常連さんの足が遠のいた結果、魚の発注量が減っている。これでは、鮮魚業者に面目ない。

これまでに「てしをや」が積み上げてきた発注サイクルが乱れたことで、食材管理に無駄も増えてしまった気がする。長時間お客さんが店の前で佇むので、近隣の住民に迷惑を掛けることだって心配だ。

だが、圧倒的な顧客増の結果、たしかに売上げは連日過去最高の額を叩き出しているし、常連さんは目を丸くして「すごいね」「おめでとう」と祝ってくれる。

だとすれば、旧来のやり方に固執するのではなく、柔軟に、新しい手法を構築していくべきなのか――そんな思いもあって、俺は現状を、どのように受け止めればいいのかわからずにいた。

「お疲れ様でした。お先に失礼します」

ゴミ袋を掴んだまま、店の裏口で立ち尽くしていると、バイト上がりの小春ちゃんが背後から声を掛けてくる。華やかな柄の折りたたみ傘を片手に、少々急いでいる様子だ。

我に返った俺は姿勢を正し、咄嗟に笑みを浮かべた。

「お疲れ様。この後授業だよな。連日へとへとになるまで働かせちゃってごめんな」

この騒動を受け、小春ちゃんには本来のシフトからさらに一日増やし、週四日、ランチ営業を手伝ってもらっている。

優しい彼女は、「どうせ暇だし、全然大丈夫ですよ」と笑って引き受けてくれたが、授業の合間を縫って、忙しく働き続けるというのは本当に大変なことのはずだ。

「いえいえ」

だが彼女は、やはり小動物を思わせるつぶらな瞳をにこっと笑ませて、ぱたぱたと手を振るのだった。

「大丈夫ですよ、気にしないでください。むしろ、こんな大人気の定食屋さんで働けるなんて、誇らしいです。バズりに感謝しなきゃ」

「またまた」

「本当ですよ。人気なのって、やっぱり嬉しいじゃないですか。大学の友達も、『てしをや』のことをすごく気にしてて、『小春、あそこで働いてるの？』『いいな』って羨ましがられたりして。『今度食べに行っていい？』って、いろんな人から連絡が来るんですよ」

こちらを持ち上げようとしてだろう、小春ちゃんは「この調子なら、テレビが来たり、すぐに二号店ができちゃうかもしれませんね」と顔を輝かせた。

奇しくもそれは、数日前までの俺が浮かれて夢想していた内容そのものだ。

だが、ゴミ袋をさりげなく背中に隠した俺は、曖昧に笑い返すことしかできなかった。

忙しくなってきた頃から雇い入れた彼女は、ここまで盛り上がる前の「てしをや」の姿を知らない。

駅近くの住宅街に紛れるようにして建つ、こぢんまりとした定食屋。

狭いけれど、きちんと手入れが行き届いていて。有名な大繁盛店というわけではないけれど、店に愛着を持つお客さんが、なにくれとなく足を運んでくれる店。

素朴で、堅実。そういう、小さな定食屋だったんだ。

「こういう人気って、どれだけ続くか未知数ですけど、でも『てしをや』なら、ここからもっと大きくなることだって――っくしゅん」

と、話の途中で、小春ちゃんが小さくくしゃみをする。

大丈夫、と俺が声を掛ける間にも、立て続けに三度くしゃみをし、ばつが悪そうに両手で口元を覆った。

「すみません、花粉かな……雨で落ち着いてくれたらいいんですけど」

「いいよ、いいよ。それより、時間は大丈夫？」

ぐすぐすと鼻を啜りながらティッシュを探す彼女に尋ねれば、小春ちゃんははっとした様子で、バッグを掻き回していた手を止める。

時計代わりのスマホを掴み、小さく声を上げると、「すみません、失礼します」と、今度こそ店を去っていった。

走りながら傘を広げる彼女の後ろ姿を、俺はぼんやりと見送った。

「お兄ちゃん。ちょっといい？」

そこに見計らったように、今度は裏口の内側——厨房から、志穂が声を掛けてくる。

洗い物が一段落したようで、エプロンを外しているところだった。

慌てて、生ゴミの詰まったゴミ袋を後ろ手に持ち替えるが、志穂は目敏くそれに気付き、苦りきった顔になる。

「……残飯、すごい量だね」

調理を一手に担う妹が、現状を理解していないはずがないのだった。

「あのさ」

きっと話題は、SNSがきっかけで広まった「誤解」を、やはり解きにかかったほうがよいのではないか、ということだ。

数日前までは気楽に構えていた俺も、今は違う。

いわくありげに付け合わせの緑色比率を増やす、だなんてことはせず、「例の投稿と当店は関係ありません」といった貼り紙くらいしたほうがよいのでは、と考えはじめていた。

まずは、自分にもこの問題と向き合う用意があるのだということを伝えようと、身を乗り出したのだったが、

「ねえ、お兄ちゃん。私、『勝負メシ』の投稿に、リプライをつけてみようかと思ってるの。当店は関係ありませんよ、って」

「えっ？」

俺よりもさらに踏み込んだ解決策を提示されて、その場でたたらを踏んでしまった。

「リプライを？　公衆の面前で異議を唱えに行くってこと？」

「だって、お客さんに口で説明しても全然信じてくれないし、一人に説明している間にも、ほかのお客さんから十人以上に拡散されていってるし……。もう、源のほうを止めに掛かるしかないいんじゃないかなって思うの。この状況、やっぱり異常だよ」

雨を気にしてだろう。志穂は早く戻ってこいと視線で促してくる。

俺は素直にゴミ袋をポリタンクに押し込み、店内に戻ったが、告げられた内容には異議を唱えた。

「それはそうかもしれないけど……盛り上がってるところに堂々と『うちは違います、やめてください』って言いに行くのって、なんか、顰蹙買わないか？」

「顰蹙もなにも、事実でしょう？」

「そりゃ、そうだけど」

志穂の言う通りではあるが、わいわいと盛り上がっているところに、現実を突き付ける態度は、敵対的な印象を与えてしまうのが世の常だ。

一度炎上を経験した身としては、店が変に反感を買わないかが心配だったし、リプライをするためには「てしをや」としてアカウントを作るところから始めなくてはならない、などと考えると億劫でもあった。

調子に乗ってパクチーを買うときは、いくらでもフットワークが軽くなるんだが、こと見知らぬ相手とコミュニケーションを取らなくてはならないとなると、途端に腰が重くなるんだよ、俺ってやつは。

「もうちょっと、様子を見るとか……」

怯んだのを悟ったのだろう、志穂がむっとした顔になる。

「あのね。例のアカウント、どうもこの『バズ』を維持したいみたいで、好意的なリプライを紹介したり、他のSNSでも流したり、かなり意図的にこの件を盛り上げてるんだよ。放っておいたら、過熱するばかりだと思う。ちゃんと手を打たないと」

妹の長所は果敢なところで、短所は果敢すぎるところだ。

これはおかしい、と思ったら、即座に決闘の手袋を叩きつけにいく志穂の姿に、俺はたじたじとなった。

「それはそう。そうだよな、わかる、わかるんだけど」

おかしなもので、つい先ほどまで対策に乗り気だったはずなのに、相手がそれ以上の苛烈さで抗議しようとしているのを見ると、咄嗟にブレーキ役に回ろうとしてしまう。

たぶん、ここ数日、店が「バズった」ことを呑気に喜んで、あまつさえ状況に迎合しようとした自分を、責められたように感じたからだ。自分でも内心、まずかったのではと冷や汗を掻きはじめているから、その反作用でなお一層、言い訳ばかりが込み上げる。

だって、来客にこんなに恵まれて、嬉しかったんだ。目的が別にあったとしても、熱心に並ばれて、次々と注文をされて、「美味しい、美味しい」と感激しながら料理を食べられて、やはり純粋に、心が弾んでしまったんだ。もっと喜んでほしい、と思ってしまった。

その気持ちごと、間違いだったのだろうか。

晴れ晴れしい、誇らしい想いごと、否定されるべきものなのだろうか——。

「け……決行する前に、敦志くんに、意見を聞いてみるっていうのはどうかな。ほら、前回も世話になったし、そういう、ネット上の温度感みたいなのに、詳しいと思うし」

結局口を衝いたのは、そんな時間稼ぎの言葉だった。

「正直に事実を訴えたのに、炎上とかしたら、嫌だし」

そんな、店を盾にした口実まで言い添えて。

「たしかに、炎上はもうごめんだよね」

志穂も以前の「ゴキブリツイート事件」を思い出したのか、あるいは躊躇う俺に手心を加えてくれたのか、少し考えてから頷く。

「わかった。敦志さんに聞いてみる」

くるりと踵を返すと、さっさと調理台へと向かった。

奥に置いてあったスマホを手に取り、迷いなく文面を打ち込みはじめる。

毅然(きぜん)とした妹の横顔を、俺はしばし見つめていたが、

「……ごめん、俺ちょっと、外の空気吸ってくる」

いたたまれなさから、店を抜け出した。

向かうのは当然、神社だ。自分でも整理をつけられない思いを、少し距離のある相手に聞いてもらいたかった。

勢いのまま、傘も持たずに店を出てしまったが、幸い雨雲はごく局所的なものだったようで、鳥居が見える頃には、ほとんど降り止んでいた。

まとわりつくような湿気に難儀しながら、石段を駆け上がる。

だが中段に差し掛かったあたりで、思わず足を止めた。鳥居の向こうから複数の人間が下りてくるのに気付いたからだ。

まさかこの神社に、俺以外の参拝客がいたとは。

いつものように、駆け込むなり鈴を揺すって話しかけるわけにはいかないぞ、と思い、静々と石段を登り切る。境内が完全に視界に入ったことで、さらに驚いた。

賽銭箱の前に、さらに数人の参拝客がいたのだ。

見たところ、参拝客は若い女性ばかり。熱心に拝み、賽銭を投げ入れ、そしてなんと、

賽銭箱の横に揚げ物を供えている。

ああ、「勝負メシ」の影響がこの神社にも、今もまだ及んでいるのだ。

少し離れた場所に立ち、参拝が終わるのを待ってみたのだが、彼女たちはその後も話し込んだり、写真を撮って回ったりで、一向に境内から立ち去ろうとしない。

これでは神様に話なんて、できないよな。

お参りに来るのは自由のはずで、神社が賑わっているのは喜ばしいことのはずなのに、なぜか指定席を奪われた常連客のような思いを噛み締めながら、出直すことを決めた。

と、石段を下りる途中にも、神社周辺にちらほらと女性が佇んでいるのが視界に入り、思わず息を呑む。皆、この後にSNSに写真を載せるのがなにより大事と言わんばかりに、熱心にスマホを構えたり、ポーズを取っていたりした。写真を撮り終えると、あとはもう用はないとばかり、そそくさとその場を離れている。

「あれは……」

立ち去る女性の後ろ姿を見た瞬間、口の中に苦みが走った気がして、思わず眉を寄せた。

――この状況、やっぱり異常だよ。ちゃんと、手を打たないと。

志穂の声が、脳裏に蘇った気がした。

その後、きちんと神社に詣でることができたのは、結局夜遅くになってのことだった。夜営業を終え、志穂とのぎこちない沈黙に耐えかねた俺は——敦志くんは仕事が忙しいらしく、まだ返信がないとのことだった——、そそくさと店を出た。

春、というよりも、もはや初夏を予感させる、生温い夜風。

つい先週まで、朝晩は肌寒いほどだったのに、ゴールデンウィークを目前にした今、暑さの微粒子を含んだ風が、桜の散った後の街路樹を撫でていた。「穏やかな春」なんてものは、あまりにも短い。

酒を飲む気分ではなかったので、コンビニでペットボトルのウーロン茶を二本買い、鳥居をくぐる。

俺以外の参拝客の姿が見えないことに、ほっと胸を撫で下ろした。独占欲などではなく、「ああ、いつもの神社だ」という安心感から。

賽銭箱の横には、またもや揚げ物が転がっていた。今日は五つも。

中には、丁寧に透明なビニール袋とマスキングテープでラッピングされたものもあったが、雨に降られた結果、テープは剥がれ、内側も湿気で曇っている。

供えた人たちは、この傷みやすい食品が、その後どうなるかを考えはしなかったのだろうか。

経験上、神職さんはそう頻繁にこの神社を訪れるものではない。

対応に悩んだ俺は、勝手を承知で、ひとまず持っていたコンビニ袋に揚げ物たちをひとまとめにした。神職さんに連絡を取って下げてもらうのが正しいとは思うが、応急処置だ。

「神様ー。お元気ですか？　大繁盛じゃないですか。勝手かなとは思いますけど、一応、このお供え物、袋にまとめておきますよ」

がろん、がろん。

いったん手水に戻って手指を清め直し、鈴を鳴らすと、珍しく神様はすぐに出てきた。


——おお、助かるぞ。


どことなく、疲れた声だ。

ぼうっと御堂から滲み出る光も、心なしか弱い気がする。

「俺、チキン南蛮の匂いを嗅ぎ続けてたからですかね、胸焼けしちゃって……酒って気分でもなかったから、ウーロン茶買ってきたんですけど。よければ飲みます？」


——おお、助かる。

やはり珍しく、素直な返事が寄越される。

じんわりと汗を掻いたペットボトルを賽銭箱の反対側に置くと、しばらくして、「あー」と気の抜けた呟きが聞こえた。

まるで、胸焼けをウーロン茶で押し流したかのようだ。

「もしかして、一年分くらい揚げ物をお供えされたんじゃないですか？」

なんとなく尋ねると、神様からは「んー」と曖昧な答えがあった。


――まあ、神社に揚げ物を供えようと考える人間は、多くはないかな。


中立的な言い方だと思った。一般的ではないお供え物を、喜ぶでもないし、嫌がるでもない。この神様は、俺たち人間に対して、ぶつぶつと文句を言うことはあっても、たぶん根底の部分では悠々と見下ろし、受け入れている。

だがそうした度量の大きさが、今は逆に、ささくれた心に引っかかった。

もしかしたら俺は、神様に、一緒に胸焼けを訴えてほしかったのかもしれない。

身勝手に押し付けられる揚げ物のお供え物、大量に注文されては身勝手に残されるチキン南蛮、それについて、「うんざりだ」と、きっぱり言ってほしかったのかもしれない。

「……神様としては、どうですか、この現状。やっぱり、嬉しいものですか？」

なぜだか御堂をまっすぐ見つめることができず、鈴緒、賽銭箱、と徐々に視線が下りていき、最終的には自分のスニーカーを眺めた。

「お客さんが増えて、たくさん注文が——願い事が来る。俺、嬉しかったんです、最初。でも段々、こっちの手が回らなくなることもあってか、お客さんの身勝手な部分が、気になるようになっちゃって」

油汚れの飛んだスニーカー。石畳の上には、どこかから吹き流されてきた最後の桜が、踏みしだかれ、昼の雨を吸い、惨めな姿をさらしている。

「かといって、お客さんに対して『そんなの身勝手じゃないか』と怒るのも、抵抗があるんです。だってそんなことしたら、この一件が丸ごと、嫌な思い出になっちゃいそうで」

店が脚光を浴びたことへの、高揚感。

まるで春の陽光を吸って花が綻んだときのような、誇らしく晴れがましい気持ち。

あのときの自分ごと、愚かだった、呑気だったと切り捨てるのは、やはりつらいのだ。

神様に、「揚げ物のお供え物なんて、いい加減にしてくれ」とぼやかれていたら、それはそれで、傷付いていたかもしれない。

自分でも整理できない感情に閉口していると、神様は「うーん」と間延びした相槌の後、のんびりと呟いた。

――ハレとケ、よなあ。

「ハレとケ？」

たしか、晴れがましい行事をはじめとした「非日常」と、普段の生活である「日常」をそれぞれ表す言葉だったか。

――さよう。最近は、なんでもかんでも「映え」だ「映え」だと言って、きらびやかに盛りたがるからなあ。ハレ続きだ。そしてハレの日の揚げ物は嬉しくとも、連日続くと胃がもたれる。それだけのことだろう？

あっさりと言われ、目を瞬かせた。

――胃がもたれたからといって、べつにその揚げ物を根っから嫌いになったわけではあるまい。だというのにおまえときたら、ここで根っから揚げ物を嫌うか、いいや愛し抜くか、と二つの間で悩むのだもの。もっと力を抜け、力を。

相変わらず、片手でも振っていそうな、ぞんざいな口調だ。

だが、言葉はすとんと腑に落ちて、肩からはみるみる力が抜けていった。

そうか。ハレが、続きすぎたんだ。

楽しかったお祭り騒ぎも、続けば心身が疲弊する。だがだからといって、ハレの日を憎むまでしなくていい。ハレの日が晴れがましいものであるうちに堪能して、きっちりとケに戻れば、それでよかったのだ。

「なるほど……」

しみじみと頷く俺に、神様は「まあ、春とはそういう季節よな。晴るし、張る」とざっくりまとめてみせた。

おそらく、こうした悩みなんて、何十回、何百回と耳にしてきたのだろう。

「すごい。すごいですよ。俺、今無性に感動してます。神様って、やっぱり神様だったんですね」

力のほどよく抜けた体に、今度は清々しい風が吹き込まれた心地がする。

俺は身を乗り出して、歓声を上げる代わりに鈴を鳴らそうとしたが、

――そうか。照れるなあ。私の教えに感動したと？　よろしい。ならもっと、実践的に教えを授けることもできるぞ。

ぼうっ、と御堂が一層光を強めたのを見て、ぎくりとした。

初めて魂を「下ろされて」から早一年半。この神様が「実践的」などと言い出したら、高確率で「実務」に駆り出されることになると、いい加減理解している。

「い、いやー。そんなお気遣いには及ばない、というか。お言葉だけで十分というか」

じりっと賽銭箱から後ずさる。

こんなに立て続けに案件を手伝わされるのはいつぶりだろう。

ただでさえこちらは、連日の大繁盛と慣れない物思いで疲弊しきっているというのに。

「それじゃ、この揚げ物は下げておきますんで！」

ばっと身を翻したが、鳥居を視界に入れた途端、準備はすでに万端整えられていることを悟り、がくりとその場で項垂れてしまった。

『あ、こんばんはあ。お手数をお掛けしちゃうけど、どうぞよろしくね』

鳥居の下で手を振るのは、えくぼが印象的な、ふっくらとした女性だ。

表情が明るいことも手伝い、若々しく見える。

四十代、いや、三十代後半だろうか。肩ほどの長さがある髪は染めず、シュシュを使って一つ結びにしている。

そしてそれが見て取れるくらいに、すでに魂は色も質感も帯びはじめていた。

『私、大牧さゆりと言います。よろしくね。えーっと、「フュージョン！」って言いながら、体に体当たりすればいいんだっけ。ふふ、「フュージョン」って、誰の趣味？　神社で叫ぶには、不思議な言葉だよねえ』

　このたび現れた魂——さゆりさんと言うらしい——は、社交的な性格らしい。

　はきはき、とはまた違うのだけれど、おっとりとした口調で、しかしながら躊躇いなく俺に話しかけ、「ええと」と両手を握って構えてみせた。

『私、走るのあんまり得意じゃないけど……助走とか、たぶん付けたほうがいいよね』

　なぜか緊張した様子で、じりっと腰を落とす。

　どちらかと言えばそれは、ゴキブリを前にしたとき、新聞紙を片手に取る構えだった。

「いえ、体当たりしなくても、普通に入れるようなので、ゆっくり来てください」

『あ、そう？』

　なにもかも諦めた俺が神妙に告げると、さゆりさんはほっとしたように構えを解き、とことこと歩いてくる。

　そして。

『フュージョン！』

　目の前まで来た途端、なぜだかくるっと体を反転させ、そのまま勢いよく後退して俺の体に重なってきた。ほわん、としか呼べない柔らかな音が、耳の奥に響く。

（すごい！　入れたあ！）

「えっ、あの、なんで今、突然後ろを向いたんですか？」

（いやあ、正面からじりじり近付いたら、なんだかキスを迫る変態みたいにならないかなと……セクハラかなあと思って）

そんなことを気にしてくれた魂は、さゆりさんが初めてだ。

ほかの人々は、たいてい皆、勢いよく体当たりしてきたからな。

（ええと、それでは改めて、よろしくお願いします。ご迷惑をお掛けしちゃうんですけど、これが一生に一度、最後のお願いなので、悪く思わないでもらえると助かりますー）

のんびりとした口調で話し、妙なところで律儀さを見せるさゆりさんは、俺の体を使って頭を下げる。

「はあ……」

こうなっては逆らいようのない俺は、ただ遠い目をして頷くだけだ。

――まあ、まあ。最後の願いだから、頑張れ、頑張れ。

神様がしれっと棒読みの応援を寄越してくる。

魂にはそうでも、神様にとっては最後の願いなんかではないくせに！

恨みがましく思いつつも、俺は営業終了後の疲れきった体を引きずり、「てしをや」へと引き返したのであった。

＊＊＊

　さゆりさんは、早口でまくし立てこそしないが、よく話す人で、しかしながらよく話が脱線する人でもあり、「てしをや」の裏口に戻って来た時点で、彼女がなぜ成仏を拒んでこの場に留まり続けたのかを、俺は把握しきれていなかった。

「ええっと、話を一度整理するんですが、料理を振る舞いたい相手は旦那さん。子育てを一人に任せているのが忍びないし、手一杯な姿を見ていられないので、激励を兼ねて、子育てのこつを伝授したい、ということでいいんですよね」

（そう。あ、息子はね、琥太郎（こたろう）っていうの。ちなみに旦那は章介（しょうすけ）ね。来年小学生になるんだ。ランドセルの予約もしたのに、背負う姿が見られないのは本当に残念。黒じゃなくて青でね。あっ、今は年長のふじ組さん。手は掛からない子なんだけど、時々難しくてねえ）

「息子さんは、幼稚園年長さんの、琥太郎くんと言うんですね」

　一度にいくつもの話題をちりばめてくるので、情報の取捨選択が大変だ。

（そう、それで琥太郎がねえ。ほら、やっぱり私、いきなり死んじゃったでしょう。だってまさか、お風呂入ってる間に心筋梗塞(しんきんこうそく)を起こすだなんて、本人でも驚くもんねえ。まあ、家系にもいたといえばいいたけど、まさかこの年でとは)

「ええっと、じゃあ、琥太郎くんのほうを励ましたい、ということですかね」

(うーん、あえて言うなら、どっちもかなあ。まあ、旦那の子育ては完璧だから、たぶん完全に、余計なお世話だと思うんだけどねえ)

こんな調子で、さゆりさんの回答は曖昧だったり、とりとめがなかったりで、そこに宿る本心を掴むのが難しい。

琥太郎くんのことも励ましたいとは言うが、もう夜の十時を回っている。こんな時間に、うまいこと幼稚園児を定食屋に連れ出すことは可能なのだろうか。

だいたい、「子育てのこつを伝授したい」からこの場に現れたのに、「旦那の子育ては完璧」とはどうしたことだろう。

尋ねてみると、章介さんはさゆりさんより二つ年上の会計士。

在宅時間が多いことも手伝い、積極的に家事や育児に加わっていたらしい。

もとより几帳面な性格で、また、各種教本の教えを積極的に実践する人物でもあり、朝食づくりを任せれば、栄養と彩りに富んだ完璧な和食を作り出し、お弁当づくりを任せれば、プロ顔負けのキャラ弁をこしらえることもあったとか。

(焼き魚の横に『はじかみ』とか出てくるんだよ。すごいよねえ。基本的に、すごく凝(こ)り

性(しょう)なの）

その性質は調理だけでなく、家庭生活全般に渡って発揮され、大牧家では、章介さんが家庭菜園で育てた野菜を食べ、章介さんが刺繍(ししゅう)した布製品を使い、章介さんが掃除した部屋で過ごす——そんな生活が当たり前だったらしい。

だから幸い、さゆりさんが突然亡くなっても、なんとか家庭は回っているそうだ。

「完璧な主夫じゃないですか……」

（いやあ、あれはもはや、主夫というか、スーパーマンだよねえ）

アルミのノブを回し、裏口をくぐる。

ぱちんと豆を弾くような音を立てながら電気をつけて、手を洗うと、さゆりさんはぐるりと定食屋の厨房を見回した。

（うわあ、懐かしい。うんうん、厨房ってこうだよね。独特の匂い。私、ホテルの厨房でバイトしてたんだあ。披露宴のフレンチばっか作ってた。定食屋さんなら、もっとお醤油とかの匂いがするのかと思ってたんだけど、意外におんなじだね）

興味深そうに床を踏み、流しに触れ、調味料や乾物を収めた引き出しや冷蔵庫を一通り開けてから、さゆりさんはすとんと、調理台近くに置いてあった丸椅子に腰掛けた。

（お醤油といえばさ、先月までやってた時代劇って観てたりしない？　醤油職人と乾物職人が実は同心っていうすごい設定だったんだけど、面白くて。最終回が気になってたんだ

よねえ。韓国ドラマにも相当ハマったけど、今は私が思うに「時代劇の時代」でさあ）

　そのまま何事もなかったかのように、時代劇談義になだれ込もうとしているさゆりさんに、俺は慌てて手を上げた。

「待ってください。もうちょっと、章介さんたちとの思い出とか、心残りの内容とか、本筋の部分を伺いたいんですけど！」

　このまま、あちこちに寄り道する会話をすべて聞いていたら、きっと夜が明けてしまう。

「せめて、振る舞う料理は教えてもらいたいというか。手の込んだ料理なら、早く取りからないと、先にお客さんが来ちゃうかもしれませんし」

　料理が得意だというなら、章介さんの舌はすごく肥えているのかもしれない。

　さゆりさん自身も、披露宴で出てくるようなフレンチを作っていた、などと言うなら、なおさらだ。

　思い出の「黒毛和牛フィレ肉のポワレ〜マッシュドポテトとシャンピニオンソースを添えて〜」を作りたいなどと言われても、うちには和牛フィレ肉なんてないぞ。

　だが、それを告げると、さゆりさんはきょとんと目を瞬かせ、それから破顔した。

（まさかまさかあ。そんなの作らないよ。準備もいらないから、安心して）

　下ごしらえを必要としない料理、ということだろうか。

　だが、とうもろこしを茹でただけのみのりだって、鍋に湯を沸かしたり、とうもろこしの皮を剥いたりしていたぞ。

それとも、熟練の域に達した料理人が客の体調を見てから味を決めるように、これからやって来る二人の様子を見極めてから、調理に取りかかろうとしているのだろうか。

「だとしても、なにを作ろうとしているのかだけでもわかると、こちらとしても心の準備ができて、ありがたいんですが――」

（あっ）

そわそわと丸椅子から立ち上がったそのとき、さゆりさんが玄関を振り向いた。

（来たみたい）

思わず「もう⁉」と悲鳴が出そうになる。

嘘だ。まだ飯すら炊いていないというのに！

玄関の磨りガラス越しに、男性の声が聞こえる。ただしそれは、店に向かっての挨拶ではなく、隣にいる人間への質問のようだった。

「一応聞いてはみるけど、……かもしれないから。そうしたら、……かな？」

「…………」

扉に映る影は、二つ。大人と子ども――章介さんと琥太郎くんだ。

二人は手を繋いでいて、章介さんは軽く屈み込み、何事かを尋ねているのだった。

ふるふると首を振る琥太郎くんの影。声は、あまりに小さいためか、それとも発言していないのか、聞き取れない。

（ごめん、開けちゃうねえ）

どうしよう、と戸惑っている間に、さゆりさんは俺の体を使い、さっさと玄関の扉を開け放ってしまった。

「あ――」

「い、いらっしゃいませ」

驚いた様子で振り向く章介さん――優しげな風貌をした、なかなかの二枚目だ――と、ばっちり視線が合ってしまい、咄嗟にお決まりの挨拶で動揺をごまかす。

「えっと……お入りになりますか？」

「ああ、開いているんですね」

章介さんは、ほっとした顔になると、滑らかな口調で状況を説明してくれた。

「申し訳ないんですが、お手洗いをお借りしてもいいですか？　夜の散歩をしていたんですが、この子が催しちゃって」

くい、と軽く腕を引く、その動きを辿（たど）って琥太郎君を見る。

こざっぱりとしたシャツの上に、これまたおしゃれなパーカーを羽織る彼は、子ども服の広告から抜け出したかのようで、小さな肩に背負った、キルト生地を毛羽立たせたナップザックだけが、その中で浮いていた。

「あ、はい、もちろんです。どうぞ」

「よかったな、琥太郎。『ありがとうございます』、言える？」

「…………」

優しい声で促されるが、琥太郎くんは俯いて、もごもごと口を小さく動かすだけだ。

「すみません」

「いえいえ、どうぞ、奥の右側です」

苦笑する章介さんに手を振り、琥太郎くんの我慢が限界を迎えないうちに、奥のトイレへと案内する。

章介さんは何度も頭を下げ、急いた足取りで息子をトイレに運び込んだ。

「そのナップザック、食べ物をトイレに持ち込むのはよくないから、外の席に置かせてもらおうか。紐、外せる？　そう、上手」

気が急く状況でも、琥太郎くんへの声掛けは丁寧なままだ。

（うーん、さすが。私なら諦めて持ち込んじゃうもんなあ）

中にいるさゆりさんが、しみじみと呟いた。

＊＊＊

「すみません、どうも。大変助かりました」

無事にトイレを済ませた後、章介さんは琥太郎くんに手を洗わせ、ハンカチを畳みながら丁寧に頭を下げた。

「直前まで平気と言っていたのに、急に『トイレいきたい』と言い出すものだから、焦ってしまって。琥太郎、もう歩けるかな」

察するに、散歩中、琥太郎くんが急にぐずりだして、歩みが止まってしまったらしい。腹がすっきりしたから、もう歩くのを再開できるのかと問えば、しかし琥太郎くんはふるふると首を振り、ぎゅっと眉根を寄せた。

「……つかれた」

「琥太郎」

「ねむい。おなかすいた。あるきたくない」

「そうだよね。でも、もうあとちょっとだから、我慢できる？　ほら、パパ、おんぶするし――」

「いやーだー！」

章介さんが根気強く諭(さと)そうとすると、突然その場にしゃがみ込み、湯が沸騰したような激しさで大声を出す。

つぶらな瞳に、ぶわっと大粒の涙が滲んだ。

（あらら、これは相当、おねむだねえ）

感情の揺れ幅に戸惑う俺とは裏腹に、さゆりさんはあくまでも泰然の構えを崩さない。ちらりと壁時計を見上げ、納得したように頷くと、おっとりとした口調で提案した。

（こうなったらてこでも動かないから、いっそぐっすり寝てしまうまで、少し休ませてもらえないかなあ。そうしたら担いでいけるし。この状態だと、運ぼうにも暴れて、どうにもならないんだよねえ）

説明する間にも、琥太郎くんは大声でしゃくり上げ、立たせようとする章介さんの手を振り払いと、大暴れだ。

眠いなら眠ってしまえばいいのに、どうもその前に一暴れする儀式を経ないといけないものらしい。

育児経験のない俺は、「子どもって、気付けばこてんと寝ているものじゃなかったのか」とただじたじとなったが、章介さんもまた、穏やかな顔に焦りを滲ませていた。

「琥太郎！　――すみません」

「いえいえ。ほかにお客さんもいませんし、気にしないでください。見たところ、すごく眠そうなので、よければ少し落ち着くまで、休んでいかれませんか」

「いいんですか？」

さゆりさんの提案をそのまま口にすると、章介さんが目に見えてほっとする。

しきりと恐縮しながらも、琥太郎くんに向き直ると、しゃがみ込み、視線を合わせた。

「琥太郎。じゃあ少し、ここで休ませてもらおうか。パパは、ここでご飯を食べる。琥太郎も、一緒にお弁当を食べてもいいし、眠かったら寝てもいいよ」

無理に歩かされることはない、と理解したのか、琥太郎くんの涙が止まった。

だが、ぐすっと鼻を啜った彼は、すぐさま笑顔を浮かべるというわけでもなく、ましてや上機嫌に席に着くわけでもなく、床にしゃがみ込んだまま動かなかった。

「……いやだ」

ぐうっと噛み締められた唇は震えていて、再び膨れ上がった涙の粒は、表面張力ぎりぎりで目に留まっているだけ、という状態だ。

「わかった。じゃあ、気の済むまでそこで座っていなさい」

章介さんは、突き放したとも意向を尊重したともつかない、ニュートラルな声で告げると、カウンターの椅子を引く。

「すみません、機嫌が直るまで少し時間が掛かりそうで。先に僕だけ注文してしまっていいですか？」

苛立ちを気取らせない、見事に抑制された声だった。

「それはもちろんいいですが……よければ、お子さんに先になにかお出ししましょうか？このくらいの子でも食べられるものを、えっと、白ご飯とかですかね」

どんな簡単な注文だろうと、提供するのにはそれなりの時間がかかってしまう。今にも涙腺を爆発させそうな子どもを、数分だって待たせるのは恐ろしいぞと思い、慌てて申し出たのだったが、炊飯器に駆け寄りながら、俺はあっと思った。

しまった、今日の営業分の白飯は使いきって、先ほど釜を洗ったばかりだった！

「いえ、この子のぶんは、お弁当を持ってきているので大丈夫です。すみませんが、子どものぶんだけ、ここでお弁当を広げても構いませんか？」

とそこに、章介さんが穏やかに応じる。

「もちろんです！　すごいですね、いつもお子さんのお弁当を持ち歩いているんですか？」

助かった、と胸を撫で下ろすのと同時に、気合いの入り方に驚いて尋ねると、章介さんは小さく苦笑を浮かべた。

「ええ、この子は卵に軽いアレルギーがあるもので、外出のときにはお弁当を持ち歩くのが癖になってしまって」

「夜のお出かけでもお弁当を持って行くなんて、大変ですね。素晴らしいですよ」

「ええ、まあ」

微笑が、苦みの配合を増やしたように見えた。

「本当は、こんな時間に出歩くべきではないんですが」

どうやら、子連れでの夜の外出を、暗に咎められたと思ったらしい。

責めるつもりなんてなかったと、慌てて身を乗り出したが、章介さんは俺の発言を制するようにして続けた。

「最近、すごく悲しいことがあって。この子も気持ちが落ち着かないんですよね。食が細くなって、空腹で夜に目覚めてしまって……激しく泣くので、そういうときは、どんなにあやしてもだめなので、夜のドライブとか、散歩に連れ出すようにしているんです」

家にいるとお互い煮詰まってしまって、と呟く唇は、控えめな笑みを維持したままだ。

だが、質問を先回りするような説明の仕方や、感情の揺れを極力排除した静かな話し方には、詮索されることへの警戒と、疲労とが滲み出ている気がした。

(ごめんね。私が死んでから、琥太郎、夜泣きするようになっちゃったよね)

俺の中にいるさゆりさんが、やるせなさそうに吐息を漏らした。

「そうなんですね……。でもすごいですね、そんなときでもお弁当を用意するなんて」

「いやいや、こういうのは、慣れですから」

章介さんは視線を避けるように席を立ち、いまだ床に蹲っている琥太郎くんの傍にしゃがみ込む。

「ほら、琥太郎。ここ、お弁当広げていいって。眠い？　それとも、お腹空いてる？　なら、先に食べさせてもらおうか」

優しい声を掛け、小さな手で握りしめられていたナップザックを軽く引っ張る。

中に入っていたのは、小ぶりな弁当箱だ。

琥太郎くんは黙りこくったままだったが、それを了承と受け止めたのか、章介さんは恭しい手つきで弁当箱を取り出し、カウンター席に置いた。

「ほら、琥太郎。一緒に食べようよ」

「……やだ」

「あー、じゃあ、眠いほうかな。パパの膝に来る？」

「……やー、だ」

小さな声だ。だが、ちょっとした母音の伸ばし方や、音の高低から、琥太郎くんの感情が再び、今にも爆発しそうなほど揺らぎはじめているのがわかった。

「そっかあ」

章介さんは声を荒らげるでもなく、その爆発をすいと躱(かわ)してみせる。

「じゃあ、ここに置いておくね。食べたくなったらおいで」

どうやら、子どもを追い詰めすぎず、ただしいつでも希望の行動が取れるように、選択肢(し)を提示しておくというのが、彼の育児方針らしい。

すごい。子どものいない俺でも、章介さんの行動がどれだけ忍耐強く、理想的かがわかるぞ。これはたしかに、さゆりさんも「スーパーマン」と称したくなるだろう。

「すみませんね、床に座り込ませてしまって。ええと、メニューを頂いても？」

「いえ全然、あ、メニューですね！　はい！」

声を掛けられ、我に返った俺は慌ててメニュー表を取り寄せる。

これまで、魂の望む料理を完成させたタイミングでお客さんが来る、という展開がほとんどだったから、この時点でなにを振る舞うことになるのかわからない、なんて状況は初めてだ。

飯も炊いていないっていうのに、ここでしっかりと定食を頼まれでもしたらどうしよう。冷や汗を浮かべる俺をよそに、章介さんはメニューに視線を走らせ、ふとなにかに気付いたように顔を上げた。

「あれ。もしかしてこのお店って、『勝負メシ』で最近話題の――？」

「えっ」

「『てしをや』。そうですよね。チキン南蛮。わあ、すごい、このお店だったのか」

メニューの表紙に書かれている店名と、記憶を照合したらしい。ぱっと顔を輝かせる。

ＳＮＳで目にしたということや、密かに気になっていたということ、思いがけず話題の店に遭遇できて嬉しいということを、章介さんは淀（よど）みなく語った。

それにしても、この気さくな笑みときたらどうだろう。

穏やかで、理性的。話しぶりは理路整然として、一方では自然な明るさがあり、親しみを感じさせる。こんな会計士に担当してもらったら、なんでも相談できてしまいそうだ。

琥太郎くんに対しても、けっして声を荒らげず、意思を尊重して、丁寧に向き合っているのが伝わってくる。

きれいにアイロンの掛かった服を着せ、夜泣きにも怒らずに付き合い、手作りの弁当を持ち歩き——いやはや、彼の育児のどこに、これ以上改善すべき部分があるだろう。

「そうだな、じゃあせっかくだから、チキン南蛮にしようかな」

と、章介さんが、あっさりとメニューを決めてしまい、俺が「まずいぞ」と思ったそのときだ。救いの手は、意外な方向から差し伸べられた。

「かえる！」

いや、救いというべきかどうか。

床で蹲っていた琥太郎くんが、突如として立ち上がり、ぐいと章介さんの腕を引っ張ってきたのである。

「かえる！　もうかえりたいー！」

さっきまで「歩けない」と言っていたのに、今はもう、家に帰りたくなったようだ。

「うん、あのね、琥太郎。それならどうしてさっき言わなかったんだ」

さすがにこれには、章介さんも困り顔になる。ひょいと琥太郎くんの腰を抱き上げ、隣の椅子に座らせると、顔を近付けてゆっくりと話した。

「パパはもう、注文しちゃったよ。一緒に待とう。琥太郎もお腹が空いたなら、お弁当を食べていいし、眠いなら寝てもいいから。ね」

「やだあ。かえる！　もう、かえりたい！」

社会の約束事を守らせようと、懇々と諭す章介さんとは裏腹に、琥太郎くんはじたばたと暴れるばかりだ。

「かえる！　かえる！　かえる！」

――パンッ！

そのとき、カウンター席に大きな音が響いた。

発生源はなんと、俺の手だ。

心底びっくりしたが、幸いそれは誰かを殴った音ではなく、空気をたっぷり含ませて、両手を叩き合わせた音だった。

――パパパン、パンッ！

驚いて琥太郎くんが振り向いた隙を突き、手はさらにリズミカルな音を立てる。

もちろん、さゆりさんの仕業だった。

ぎょっとする一同を置いて、彼女は俺の体を使い、弁当箱をびしっと指し示してみせた。

（ねえ、哲史くん。こういう風に言ってもらっていいかなあ。声音もこんな感じで）

その後、なぜか急に低い声で話しはじめた彼女の声を極力真似て、俺は内心の動揺を隠しつつ言ってみる。

「てやんでぇ、この弁当箱の蓋め、ちっとも開こうとしやがらねぇ」

時代劇を思わせる独特の節回しは、どうやら、琥太郎くんには馴染みのあるものだったらしい。涙を溜めていた目をまん丸に見開くと、やおら椅子の上で居住まいを正し、しゃちほこばった口調でこう返した。

「すけだちいたす」

助太刀致す。幼稚園児の口から出てくるとは、予想しえないフレーズだ。

(ふふ、これね、さっき言ってた『職人同心』の決め台詞なの。幼稚園から帰ってきた後、よく一緒に観てたんだ。この手拍子が、我が家での同心ごっこの合図)

さゆりさんの説明で、ようやく合点がいく。

なるほど、さゆりさんはこうして、ドラマに出てくるフレーズを使うことで、琥太郎くんの気分を変えたり、ちょっとした手伝いをさせていたのだ。

現に琥太郎くんは、先ほどまでの涙はどこへやら、神妙な顔になって弁当箱の蓋を開けていた。

現れたのは、いかにも栄養豊富そうなおかずの数々。

みじん切りにした野菜をまぜ、旗まで立てたハンバーグや、ピンに刺した枝豆、へたを取ったミニトマトに、じゃがいものグラタン。飾り切りをしたハム——楕円形の弁当箱の左半分を真っ白な飯が占めていたが、そうでもしないと賑やかすぎてしまうほどに、右半分には色とりどりのおかずが配置されていた。

「なに、琥太郎、今の」

「時代劇の決め台詞なんです。ええっと、実は俺の甥(おい)っ子もハマってて。最近流行(はや)ってい
るみたいなんですよね、園児の間で」

突然「すけだちいたす」などと言い出した息子に、章介さんは驚いていいのか、笑って
いいのか、といった様子で視線をきょろきょろさせている。

俺は架空の甥をこしらえてごまかし、その間にもさゆりさんがパチパチと手を叩きだし
たので、慌てて琥太郎くんに声を掛けた。

「すごい！　豪華なお弁当だね」

（違う違う、ここは「うむ、目にも留まらぬ蓋開け、あっぱれ」。今度は殿様風にね）

「うむ、目にも留まらぬ蓋開け、あっぱれ」

なるほど、琥太郎くんの行動一つ一つを褒めあげていくのか。

慌てて「殿様風」に声音を調整して付け足すと、琥太郎くんは黙ったままだったが、ほ
んのりと嬉しそうに目を輝かせた。

もしや、さゆりさんが伝えたかった「育児のこつ」って、このことだったのだろうか。

「わ、すごいですね。こんな方法が……。今度から真似しよう」

（まあ、これは一時しのぎというか、子どもだましに過ぎないんだけどねえ）

だが、効果に驚いて真顔で呟く章介さんに対し、さゆりさんが軽く肩を竦めたところを見ると、これが本懐というわけでもないのかもしれない。

たしかに、弁当箱の蓋を開けたのはいいけれど、琥太郎くんは、章介さんがどれだけ勧めても、一切箸を付けようとしなかった。

俺が同心風や殿様風に促してみても、ちょっと悩んだ末、「……いらない」と呟くだけである。

「でもさ、琥太郎。今日、昼からなにも食べてないよね。だいぶお腹も空いてるんじゃないかな。お腹が空いてると、眠くても眠れないよ。ちょっとでいいから、食べてみない？」

「………」

「ほら。このハンバーグ、好きだったろう？　枝豆も。ハムだけでもいい。ご飯も、全部食べろなんて言わないし」

やはり、我が子が食事を口にしないというのは、親として相当気を揉む状況なのだろう。

食べたくなければ食べなくていい、眠ければ寝ていい、と口では言いつつも、やはり章介さんは、琥太郎くんに一口でもなにか食べてほしい様子だった。

（そうそう。風邪で食欲がないとか、明確な理由がわかるときは逆に焦らないんだけど、明らかに空腹なはずなのに食べないとなると、なんとか食べさせなきゃって力んじゃうんだよねえ。……よし、次の作戦に行こう）

さゆりさんはしみじみと頷き、くるりと踵を返す。

厨房の引き出しをごそごそと漁り、鰹節にすりごま、焼きのりに青のり――つまり、乾物を取り出して、ずらりとカウンターに並べはじめた。

これでいったい、何をする気なんだ？

俺の疑問は、さゆりさんの朗らかな宣言によって解消された。

（琥太郎、「まぜまぜふりかけ」しよう！）

まぜまぜふりかけ。

そうか、乾物をまぜ合わせて、オリジナルふりかけを作るのか！

鯛茶漬けのときもそうだったけれど、ふりかけも、俺はそういえば市販品しか食べたことがない。レシピは知らなかったが、なんとなく、ただまぜ合わせて塩を加えるだけで、それなりの味になる気がした。

さゆりさんの意図を理解した俺は、章介さんに、

「すみません。先に、お子さんがお弁当を食べるお手伝いをしてもいいですか？」

と断りを入れる。

章介さんもべつに空腹というわけではなかったのだろう。

即座に「ぜひ」と返事があったので、安心して琥太郎くんに声を掛けた。

「一緒に、『まぜまぜふりかけ』しよっか」

「――……うん」

透き通った目がじっとこちらを見つめ、やがて遠慮がちに頷く。

俺の中のさゆりさんが、嬉しそうに口元を綻ばせた。

（よかった。ねえ、哲史くん。なるべく全部、この子に任せてくれないかなあ）

どうやら彼女は、ふりかけを「一緒に作る」というより、「琥太郎くんに作らせ」たかったようだ。

（適当なお皿を一枚だけ出してね、そうしたら後は配合も、味付けも、全部この子が好きなようにするから。たぶん粉だらけになるけど、なるべく手出ししないであげて）

その発言に、ふと気付く。

先ほど弁当箱の蓋を開けさせるにしたって、さゆりさんは「蓋を開けて」と頼むのではなく、「蓋が開かなくて困っている」と表現してみせたこと。あくまで琥太郎くんが自主的に、蓋を開けたがるように仕向けたことを。

章介さんの呼びかけは丁寧だ。だが、彼のそれは、「そうしなくてはならない」大人の事情を、子どもが飲み込みやすくするための、柔らかな説諭（せつゆ）とも言えた。

ここまでの経緯を見ていて、なんとなくわかる。

きっと琥太郎くんは、父親によって完璧にお膳立てされるよりも、自分のやりたいことを、自分のタイミングで決断し、自分でやってみたかったのだ。

だとすれば、さゆりさんが伝えたかったのは、このことなのだろうか。

もっと琥太郎くんの自主性に任せなさい、というような。

食べものに触れるなら手をきれいにしよっか、という章介さんの一言で、琥太郎くんは素直に席を立ち、先ほどのトイレまで戻って手を洗いに行った。

その間に、さゆりさんに体を預け、手頃な大きさの深皿とスプーン、各種乾物や調味料を並べる。準備はたったこれだけだった。

「それじゃあ、『まぜまぜふりかけ』、お願いしていいかな？」

「うん！」

戻って来た琥太郎くんは、小さな体いっぱいにやる気を漲らせて、スプーンを握る。

真剣な顔つきになると、後はもう、俺たちの声が耳に入らないほど集中して、「まぜまぜふりかけ」を作りはじめた。

まずは鰹節をどっさり。

それから、その半分くらいのすりごま。

青のりは彩り程度にぱらぱらと、そして焼きのりは、なんと丁寧に手で揉んでから振り入れた。

のりの粉末が指先に貼り付くのを、困ったように見下ろした琥太郎くんだが、すぐに意識を切り替え、今度は塩の瓶を掴む。

一度に中身が大量に出てしまわないよう、慎重に瓶を傾けたら、お次は砂糖も少々。

（魔法の粉も入れちゃう？）

さゆりさんがすまし顔で、顆粒だしの瓶を勧めると、琥太郎くんはなにもかも心得た様子で、おまじない程度の量を振りかけた。

周囲にたくさん粉を撒き散らしながらも、小さな手でごりごりと一生懸命、皿をスプーンで掻き回し――。

「できた」

琥太郎くんは、満足げに皿を突き出した。

（このままでも美味しいけど、塩が沈んじゃうから、炒ろう。パラッとするし）

皿を受け取りながら、さゆりさんが言う。

彼女の説明によれば、べつにふりかけの流儀があるというわけでもなく、疲れているときは混ぜただけでそのまま食べればいいし、余裕があるなら炒ればいいし、フライパンを使うのが嫌ならレンジにかけてもいいのだそうだ。

（まあでも、これが最後だから、今日はフライパン、使っちゃおうかなって）

とのことなので、琥太郎くんに「炒っていい？」と聞いてみる。

すぐに、嬉しそうな声で許可が下りた。

中身をすべてフライパンに空け、軽く炒ると、みるみる間に鰹節がパリッと乾燥しはじめ、厨房いっぱいに、ごまや海苔の香ばしい香りが漂った。

「はい、完成。めしあがれ」

一分程度で完成したほかほかのふりかけを、皿に戻し、差し出す。

琥太郎くんは「わあ」と目を輝かせ、厳かな手つきで、お弁当にふりかけをまぶした。

すっかり冷えてしまった白飯の上で、できたてのふりかけが、ほんのりと白い湯気をたなびかせている。

「へえ。美味しそうだ」

章介さんが、思わずといった様子で呟くと、琥太郎くんはちらりと父親を振り返り、弁当箱をぐいと彼のほうへと押しやった。

「ひとくちあげる」

「え、くれるの？　あ、いや、いいよ、琥太郎が食べて」

「あげる」

きっぱりとした口調で言い切られると、やはり章介さんも興味があったのだろう。

ありがとう、と律儀に頭を下げてから、角の一口をお裾分けしてもらって——箸を口に運んだ瞬間、大きく目を見開いた。

「えっ。すごい。美味しい」

心の底からぽろりと漏れ出たような賛辞に、琥太郎くんは得意満面だ。

「あとは、ぼくがたべる」

ただし、あまりに美味しそうに食べられたので、食料を奪われるという危機感も抱いたのだろう。そそくさと弁当箱を奪還にかかった。

「いただきます」

そうして、先ほどまでの食欲不振は見る影もなく、ぱくぱくとふりかけご飯を食べはじめるではないか。

旺盛に動く頬、何度も膨らむ喉を見つめ、章介さんが呆然(ぼうぜん)とする。

(この子は今、「ふりかけの時代」なのねえ)

色とりどりのおかずをそっちのけで、ご飯ばかりを食べる息子を見ながら、さゆりさんが呟いた。

(今までもいろいろあったなあ。「おにぎりの時代」、「餃子(ギョーザ)の時代」、「コーンフレークの時代」……半月後には、たぶんまた変わっているんだろうけど)

落ち着いた声には、静かな諦念と、けれどやはり、「しょうがないなあ」と言わんばかりの愛情が籠もっていた。

「ふりかけご飯……ふりかけご飯が食べたかったのか。でも、ご飯だけじゃ……」

元気にご飯を食べる息子の横では、章介さんが懊悩している。

ぶつぶつと呟く夫の姿に、さゆりさんは淡く苦笑を浮かべた。

（ねえ。琥太郎には次のふりかけを作らせて。その間に、旦那に伝えたいことがあるの）

さゆりさんの頼み事に従い、俺は「すごいなあ！　お兄さんのぶんも作ってくれない？」と次なる皿を差し出して、態勢を整える。

琥太郎くんは胸を張り、今度はもっとすごいのを作るからと、カウンターのより明るい席へ移動して、真剣な顔で乾物や調味料を物色しはじめた。

先ほどまでの不機嫌さから一転、うきうきとしだした息子の姿を、章介さんは思い詰めた様子で見つめている。

「すごいな……。帰りに鰹節を買っていくか」

誰にともなく呟き、それからはっとしたように、俺のほうへと向き直る。

「すみません。最近あの子、本当に全然食べてくれなかったから、こんなにご飯をすんなり食べてくれるなんて、信じられなくて。本当、感謝しなきゃな。奇跡のようです」

話しているうちに、「おかずを残してふりかけご飯ばかり食べるなんて」という衝撃から、一気に「ならばふりかけご飯を極めよう」という方向へと、思考が切り替わっていったらしい。身を乗り出し、早口で語りはじめた。

「ご飯の上にいろいろ載せてあげれば、栄養もそれなりに取れますよね。桜エビや、しらすもあれば、動物性のタンパク質も取れるし、蕪（かぶ）の葉を茹でて刻んだりしてもいいかも。そうだ、専用のお皿を用意したら、一層やる気になったりとか――」

（うーん）

だが、意気込む章介さんとは裏腹に、さゆりさんはもどかしそうだ。

（そういうことじゃ、ないんだよなあ）

悩むように唸ってから、彼女は俺に囁いた。

（ごめん、哲史くん。うまいこと、こう伝えてくれないかなあ。『気張らないで』、って）

気張らないで。

その言葉を聞いた瞬間、ああ、彼女が最も伝えたかったのは、時代劇ごっこや自主性の尊重などではなく、これだったのだということが、肌でわかった。

俺は、熱に浮かされたように「最高のふりかけ」を考案しつづける章介さんに向かって、そっと切り出した。

「あの……遮っちゃってすみません。もしかして、お客さんって、大牧さん、じゃありませんか？」

「え？」

「大牧さゆりさんの、旦那さん。それで息子さんが、琥太郎くんですよね。すみません、気付くのに時間が掛かってしまって」

さゆりさん、実はこの店の常連だったんです。

すっかり板に付いてしまった口上を述べると、章介さんは目を丸くした。

「え……っ。そうなんですか？　そう、そうです。僕、大牧です」

戸惑いながら頷き、さらにそこで、言いづらそうに口元を歪める。

「実は、さゆりは、二ヶ月前に――」

「伺っています。このたびは、本当にご愁傷様でした」

先回りして頭を下げると、章介さんは条件反射のように黙礼を返した。

しばし、カウンターの上にぎこちない沈黙が落ちた。

（ありがとう。まずはこう言ってくれる？　「たくさん材料を揃えても、残念ながら『ふりかけの時代』は、きっとすぐに終わります。諦めましょう」って）

とそこに、やはりおっとりとさゆりさんが話し出す。

マイペースな口調に、今回ばかりは救われた気持ちになって、俺は沈黙に切れ目を入れるように、カウンターに身を乗り出した。

「実はその『まぜまぜふりかけ』も、まさにさゆりさんに教えてもらったんです。こうしたら、子どもがご飯をよく食べてくれるって。でも同時に言われました、『たくさん材料を揃えても、残念ながら、ふりかけの時代はきっとすぐ終わる。諦めましょう』って」

「『ふりかけの時代』……？」

「はい。琥太郎くんには、『コーンフレークの時代』とか『おにぎりの時代』とか、いろいろな時代があったみたいです」

説明を聞くと、章介さんは気の抜けた笑みを浮かべた。

「『ふりかけの時代』かあ。さゆりが言いそうだな。よく、今は『時代劇の時代』だ、とか大げさに言っていたので」

「時代劇がお好きだったみたいですね」

「好きでしたね。なぜだか、食事シーンが好きだと言って、熱心に観ていました。励まされるって。たくあんと白飯だけを掻き込む地味なシーンで、どうして励まされるのかは、よくわからないんですが」

（地味だからだよ）

苦笑した夫に対して、さゆりさんは不思議そうに首を傾げてみせた。

（江戸時代の人って、本当に、ご飯とお漬物くらいしか食べてなかったんだなあって。それでも、美味しい美味しいって幸せそうにしているのを見ると、そっか、これでも大丈夫なのかって、そう思えるじゃない）

意表を突かれた。

そして、さゆりさんの言葉を、なるべくそのまま章介さんに伝えると、彼もまた、胸の奥深くをとん、と優しく突かれたように、何度か目を瞬かせた。

「そんなことを、言っていたんですか？」

（……琥太郎は、偏食がひどくてねえ）

さゆりさんは、ふと静かな笑みを浮かべ、教えてくれた。

琥太郎くんは小さな頃から、些細なきっかけで食事を取らなくなってしまうこと。フレンチの調理経験があり、料理の腕前に自信のあったさゆりさんは、それに密かにショックを受け、追い詰められていたこと。

章介さんは積極的に家事や育児に携わってくれるが、やはり四六時中というわけにはいかない。幼稚園に通いはじめる前、章介さんが出張でいない平日、会食などで家を空ける夜、さゆりさんは琥太郎くんに貼り付いて面倒を見た。必死だった。

（私、料理くらいしか旦那に張り合えるところ、ないからさ。ここは頑張らなきゃって、思ってたんだよねえ。そもそも母親って、母乳をあげる頃から、「お腹を満たしてやらねばこの子が死んでしまう」って思いながら、生きているようなものだし。気張ってたの）

周囲にいるのは料理好きな友人ばかり。寝不足で霞む目でＳＮＳを開けば、いつも色とりどりの、洗練された料理が投稿されている。

そうだ、自分だって、こちらの世界にいたのに。

子どもが生まれたら、野菜たっぷりのハンバーグに旗を挿し、家庭菜園で育てた野菜でドレッシングを作り、可愛くデコレーションされたお弁当を持たせてやるはずだった。

だが、どれだけ華やかな食事を作っても、琥太郎くんが食べてくれないのでは意味がない。だいたい育児なんて、「ご飯を作る」「掃除をする」といった名前がついた行為はごくわずかで、抱っこをしたり、あやしたり、荷物を準備したり、名前を呼ばれるのに返事をしつづけたり、そんな些細なことを積み重ねているうちに、なにかをやり遂げることもなく、一日が過ぎてしまう。

名付けることも、評価することもできない、どこが始まりでどこが終わりかもわからない、「映えない」日々。

ある日、さゆりさんは、ぐずる琥太郎くんをあやしながらぼんやりと時代劇を眺め——そこで、ご飯と漬物だけを満足そうに掻き込む昔の人々を見て、唐突に思った。

そうか。これが、日常なんだと。

（料理とか育児ってさ、毎日続くんだよね。本当に、ただただ毎日続くの。晴れ舞台を目指して頑張るような気持ちじゃ、息切れしちゃうし、成功を目指しても、正解なんてない。日常の一部で——気張るものじゃなかったんだなあ、って）

さゆりさんはその日、ふりかけご飯を出してみた。ドラマの中で職人が鰹節を削っていたのが美味しそうだったから。あとは単純に、今にも泣きそうな息子を待たせずに出せる料理が、それ以外になかったから。

すると琥太郎くんは、驚くほどによく食べた。

これまで、肩肘(かたひじ)を張って作っていた食事はなんだったのかと、こちらが泣き笑いしそうなほどに。

こんなことでよかったのだ。こんな、些細なことで。

そして琥太郎くんは、一週間で唐突にふりかけに飽きた。その頃にはさゆりさんも、段々「わかって」きた。

数式みたいに、永続的に不変な正解なんてないのだ。だから、適度に脱力しながら、試行錯誤をくり返すしかない。

その中で、一週間ひたすらふりかけご飯が続いたっていい。挙げ句にあっさり飽きられたっていい。そんなの、二十年後に振り返って見たら、さざ波とも呼べない些細なものだ。

でもきっと、息子が大人になって、日常という細かなタイルを積み上げた、モザイクのような日々を振り返ったとき、思い出すのは、旗の立ったハンバーグよりも、そうした、些細で地味な、ふりかけご飯のようなものなのかもしれない。

(だからね。そのくらいのさりげなさで、この子の傍にいてほしいの。あなたは、すぐに気合いを入れて、なんでもお手本通りにこなそうとするから……。もっと力を抜いて、騙し騙し、なんとなく日常を乗り切っていく感じを、試してみてほしいかなあ)

じゃないと、あなたが倒れちゃう。

そう呟くさゆりさんに、俺は不意に悟った。

彼女のおっとりとした話し方、気の抜けたような姿勢は、もちろん生来のものもあるだろうけれど、育児という「連綿と続く日常」に適応すべく、意図的に整えられていったのだろうと。

（この人ね、スーパーマンに見えるけど、単に頑張りすぎなだけなの）

俺にだけ聞こえる声で、さゆりさんはこんな一幕も披露してくれた。

数年前、さゆりさんの母親が倒れてしまい、どうしても琥太郎くんを置いて実家に駆けつけなければならないことがあったそうだ。

諸々の対応を終えた三日後、汚れた皿や洗濯物の山を覚悟して帰宅したさゆりさんだったが、予想に反し、皿はきれいに洗われ、洗濯物はぱりっと干され、床には掃除機が掛けられ、琥太郎くんはご機嫌で遊んでいた。章介さんはにこやかにさゆりさんを迎え、「このくらいなんともないよ」とでも言わんばかりだった。

（ただね。炊飯器の表示が……五十二時間だった。あんなに長く保温できるんだって、私、初めて知ったよ）

当時まだ離乳食だった琥太郎くんには、専用に冷凍した食材を使っていたので、炊いたご飯を必要とするのは章介さんだけ。

それがいつまでも残っていたということは、つまり、彼はろくに食事を取っていなかったのだ。

（子どもには、栄養たっぷりの離乳食を与えていたくせにね。そのとき、ああ、なんて器用で、不器用な人なんだろうって、思ったの）

平然として見える佇まいのその下で、章介さんはきっと、必死だったに違いない。三日限りのことだからと、気合いを入れ、理想を掲げ、全力で日々を過ごしてみせた。

(でもさ、育児は三日じゃ終わらないんだ。私がいない日々は……私がいないことは「日常」になって、これからもずっと、何年も何年も、続くの。だから)

だから、という声が響くのと同時に、目の奥がつんとした。喉が引き絞られる心地がして、さゆりさんが涙ぐんでいるのが伝わる。

わかった、と思った。

さゆりさんが章介さんに伝えたかったことが、ようやくわかった。

「さゆりさんは、育児をするうちに、料理は毎日続くものだから、気張らなくていいんだと気付いたそうです。一週間ふりかけご飯が続いたっていいし、そこでふりかけを極めようなんて思わなくていい。騙し騙し、日々を積み重ねているうちにそれが『日常』になっている、そんな感覚でいいって——よく言っていました」

章介さんは、食い入るようにこちらを見つめている。

「そうでないと、こちらが倒れてしまう。もし章介さんが一人で育児することになったら、それが心配だって、そう言っていました」

彼の隣には、琥太郎くんが残した弁当箱が置かれていた。ご飯だけを空にされ、ぎっしりとおかずが詰まったままの弁当箱。色とりどりで、栄養豊富。まるで、章介さんの力の入り方が、そのまま食材となって現れたかのような。

「もしさゆりさんが生きていたら、今日はもう、ふりかけご飯だけでいいじゃない、って、言うかもしれません。気張らなくていいよって」

時系列を調整しながら付け加えると、章介さんは、ふと苦い笑みを浮かべた。

「……それは、難しいですね」

ぽつんと呟き、俯く。

「すごく、難しい」

疲れをほぐすように目頭を揉み——それで涙を隠そうとしたようだったが、指先からはぐれた水滴が一粒、カウンターへとこぼれてしまった。

「力の抜き方が、わからないんです」

章介さんは「すみません」と小さく断り、おしぼりを目に当てる。

だがすぐに、喉の震えが止まらなくなって、深く俯いてしまった。

「……息子がね、泣くんですよ。夜。ママ、って探すんです。だからドライブや、散歩に行く。探しても戻ってこないのに、まだそれが腑に落ちていないんですね。……僕もです。僕もまだ、さゆりがもういないんだということが、ぴんときていない」

くぐもった声での告白を、俺は唇を引き結んで聞いていた。

章介さんの気持ちは、痛いほどにわかった。両親を突然の事故で亡くして一年半——それだけの時間が経っても、ふと、親父たちはどこか旅行にでも行っていて、何事もなかったように帰ってくるのではないかと、そんな風に思うことがあったから。

「受け入れなきゃ、いけないんです。これがもう『日常』で、さゆりは絶対に戻ってこないんだって。でも……、今にも玄関から、ひょっこり帰って来そうだから。そのときまでは、頑張らなきゃなって。バトンタッチするまではって、思ってしまうんです」

きっと彼の脳裏には、かつてさゆりさんが実家に帰省した三日間があるのだろう。

ほんの短い期間、託されただけだから。だから頑張ろう。さゆりさんに恥じないよう、誇らしげに「これくらいなんともなかったよ」と報告できるよう、全力を尽くそう。

張り切って、シャツにアイロンを当て、床を磨き、色とりどりの食事を作ろう——。

「元々、凝り性な性格なんです。それを彼女が、ほどよくストッパーになってくれていた。だから、彼女がいないと、きっと僕はすぐ……せっかく簡単なレシピも、凝りに凝って、手の込んだご飯を作って、肩の力を、抜く、なんて、もう」

（ごめんね）

俺の目が、じわりと潤みはじめた。

（そうだよね。『気張るな』なんて言われたって……できるなら最初からそうしてるよね。あなたがそういう人だって、知っていたのに。置いて行ってごめん。ごめんね）

深く俯いた章介さんのつむじが、涙でぼやける。さゆりさんの深い後悔と、悲しみが、いちどきに心臓に流れ込んで、胸から溢れ出しそうなほどだった。

（もう、私には、なにもできない。本当はもっと、もっと、もっと）

適当に作ったふりかけご飯を出してあげたかった。

だらだらとドラマを観て、くだらない話で盛り上がって、その日になにか成し遂げたということもなくて――けれどそんな日々でいいじゃないと、笑い飛ばしてみせたかった。

自分がそうすると、彼は少し呆れながら、どこかほっとした顔になるのだと、知っていたから。

（あなたの肩の力を、抜いてあげたかったのになあ）

語尾を震わせ、嗚咽するさゆりさん。俺もまた必死になって腹の力を込めた。

油断すれば、ぼろぼろと涙がこぼれ落ちてしまいそうだった。

そうだ。さゆりさんはもう、死んでしまった。

彼女がどんなに気の抜けるレシピを伝えたところで、章介さん自身がそれを作れないと言うなら、「日常」に戻れないと言うならば、いったい、どうすれば――。

「できた！」

そのときだった。

ぐっと唇を引き結び、互いに涙を堪えることしかできずにいた大人をよそに、琥太郎くんが軽やかな声を上げた。

「みて。さっきより、もっとおいしくできた」

鰹節を山盛りにした小皿を掴み、ずるっ、ずるっと椅子を尻で渡って移動してくる。

「パパ。これ、このままたべても、おいしい――」

すでに味見を済ませたのだろう。青のりや鰹節まみれになった手で、得意げに小皿を掲げた琥太郎くんは、父親の顔を視界に入れると、澄んだ目を見開いた。

「どうしたの？」

「あ……ああ」

章介さんは慌てて涙を擦ったが、それらしい言い訳を捻り出すよりも早く、琥太郎くんが首を傾げた。

「パパ、つかれた？」

「――うん」

舌っ足らずな質問に、繕おうとした笑みは、くしゃりと歪んでしまった。

「そうだね。少し、疲れちゃった」

「わかった」

いったいなにを了解したのか、琥太郎くんは神妙に頷く。

そして、

「すけだちいたす」

手にしていたスプーンで皿を掬い、躊躇いなく章介さんの口に押し込んだ。

ふわっと舞う鰹節に、のりに、ごま。

それは、琥太郎くんが新たに作ってくれた、「まぜまぜふりかけ」だった。

「おいしい？」

きっと章介さんの口の中では、ほろほろとした乾物が、塩や砂糖とまざり合って、素朴な味を奏でているだろう。

とびきりの美食というわけでもなく、なんとなくいい塩梅にまとまった、甘辛い味。

華やかな彩りなんて一つもない、ただ茶色っぽく、粉っぽい、けれどほっと気持ちがほどけていくような――「日常」の味。

「パパがつかれてるときは、ぼくが、つくってあげるからね」

「――……っ」

スプーンをくわえたまま、章介さんは堪えきれず、口の端から息をこぼした。

（琥太郎）

さゆりさんの涙もまた、俺の我慢を超え、とうとう目から溢れ出てしまった。

慌てて体の向きを変え、素早く涙を拭い取る。

その間に、章介さんはスプーンを置き、震える手で、琥太郎くんを抱きしめていた。

「……うん」

痩せてしまった腕が、強く強く、息子の小さな体を掻き抱いている。

「お願いできるかな。すごく……すごく、美味しかった」

ただし、涙混じりではあったが、口元には、笑みが浮かんでいた。

きっと、最初から「張り切りすぎない」でいることなんて、できない。章介さんはこれからも、手の込んだハンバーグを作ったりして、自分を追い込むことはあるのだろう。

けれど、一人じゃない。

疲れたときには、疲れたときにぴったりの料理を——気取らない、素朴な味のふりかけを、琥太郎くんが用意してくれるはずだ。

そうやって、ハンバーグの時代と、ふりかけの時代を交互に乗り越えながら、二人のもとに、季節は巡り続ける。

(ありがとう。琥太郎。パパをよろしくね。ごめん。本当にごめんね……ありがとうね)

さゆりさんはぎゅっと両の拳を握り、カウンターに向かって俯きながら、何度も琥太郎くんに詫び、そして礼を述べた。

どれほどの間、そうしていただろうか。

強く息子を抱きしめ続けていた章介さんが、ふと顔を上げ、「あれ」と小さく声を上げた。

「琥太郎?」

「――……ふぅ」

すっぽり腕の中に収まっていた琥太郎くんは、返事とも溜め息ともつかぬ声で応じる。

「うそ、琥太郎。眠くなっちゃった？」

これには俺も驚いてしまう。

眠いと言いながらあれだけ暴れたり、叫んだりしていたのに、いざ本当に眠りに落ちるときは、こんなに一瞬だなんて。

だが実際、琥太郎くんからはもはや返事もなく、小さな体からはみるみる力が抜け、完全に章介さんの腕にもたれかかってしまったのだった。

「ええっと――」

「あの、よければ、このままお帰りになってください」

「そんな、でも、注文してしまいましたし」

「いいです、いいです！」

困惑の視線を寄越す章介さんに、俺はぶんぶんと手を振って、小声で返す。

「まだなにも用意していませんでしたし」

「あ、では、ふりかけのぶんのお代だけ」

「いいですから」

片手で琥太郎くんを抱きかかえたまま、もう片方の手で財布を探ろうとする章介さんを、俺は強引に制止した。

「早く、おうちに帰ってあげてください」

それはそのまま、さゆりさんの望みでもあった。

結局章介さんは、恐縮した様子を見せつつも、寝入った琥太郎くんを抱え、席を立った。

「本当に、ありがとうございます」

まっすぐこちらを見つめる目には感謝と、そして気のせいでなければ、かすかな希望が、宿っていたと思う。

章介さんは深々と頭を下げ、琥太郎くんをしっかりと抱えたまま、店を去っていった。

(あー……行っちゃった)

ぱたん、と扉が閉じた途端、さゆりさんがぽろりと涙をこぼす。

(本当に、信じられない。なんて頼もしいの、琥太郎。すごいよ)

もう、ほかに誰もいないから、俺は我慢を放棄し、さゆりさんのするがままに涙を流し続けた。

(私が死んでからの二ヶ月の間にも、こんなに成長、するんだね。まさか、と思うようなことを、できるようになって。これからも、もっと、大きくなっていくんだろうな)

喉からは嗚咽が漏れ、顔はぐしゃぐしゃに歪み、とうとう耐えきれず、その場にしゃがみ込んだ。

（もっと、もっと……見ていたかったなあ……っ）

その瞬間、俺の脳に、さゆりさんが見てきた、そして見続けたかったのだろう光景が、どっと流れ込んできた。

離乳食をぱんぱんに詰め込んで、りすみたいに膨らんだ頬。落ち葉を見つめるまん丸な目。器用に鋏（はさみ）を握る手。走り出した足。靴は古びて汚れてきている。お気に入りのぬいぐるみを離したがらない腕。抱きしめた新品のナップザックに、満足げにうずめられた鼻。勝手に洗濯されたと泣き叫び、濡れたナップザックを抱きしめて眠る。涙の跡の残る頬。ピクニック。ぎゅうぎゅうに詰めた弁当箱。ふりかけご飯。時代劇。けらけらと笑う横顔。ぱっと振り返ったときの、あどけない表情。小さな口が動く。差し出される両手。甘さの残る声。「ママ」。

なんの変哲もない、「日常」。

（でも……二人が、なんとか、新しい日常を受け入れて、いくんだったら……私も、受け入れなきゃだね）

さゆりさんは、強い人なのだろう。

しばらく抱えた膝に顔をうずめていたが、くぐもった声でそう呟いた。

（それで、痛み分けってことに、なったらいいなあ）

ゆっくりと顔を上げ、いつもの少し気の抜けた口調を取り戻し、小さく笑った。

「あの。俺がこんなこと言っても、なんの足しにもならないかもしれないですが」

中にいるさゆりさんに、俺は話しかけてみる。

彼女が未練を残すのは、死者には絶対に与えられない未来であって、俺では叶えることなどできない。

けれどどうしても、なにかを言わずにいられなかった。

「俺……日常ってやつを、もっと大切にしようと思います。映えとか、ハレの日とかじゃなくて、地味で、ありきたりの毎日を」

さゆりさんが愛おしんだのは、ささやかで変わり映えのしない日々だった。章介さんの心をほぐし、励ましたのは、素朴な味のふりかけだった。

数日経てば輪郭も思い出せなくなる、ぼんやりとした日々。けれど、最後の瞬間に振り返ったとき、心の奥底から蘇るのは、意外にもこうした、「ケ」の日々なのかもしれない。

「さゆりさんたちの会話を立ち聞いただけの、赤の他人の俺でも、そう思うんですもん。章介さんや琥太郎くんは、もっとそう感じたと思います。大切に大切に、これからの日常を、積み重ねていってくれると思います。さゆりさんの、ふりかけのおかげで」

さゆりさんは、膝をぎゅっと抱きしめたまま、俺の言葉を聞いていた。

それから、そうっと笑みを浮かべ、頷いた。

(――ありがとう)

優しいね、と呟いてから、彼女は膝を払い、立ち上がった。

（まあ、正確には私のというより、琥太郎のふりかけなんだけどねえ）

のんびりと、けれどきっちりと訂正を入れるさゆりさんは、もう、いつもの彼女だ。

頬に残っていた涙を指の腹で拭うと、信じるよ、と静かな声で付け足した。

（琥太郎のふりかけだから、きっとそんな力があるって、信じる）

きっぱりとした声だった。

さゆりさんは、湿っぽい空気ごと振り払うようにうーんと伸びをし、台ふきんを絞りはじめる。すっかり粉まみれになってしまったカウンターを、それで丁寧に拭いた。

（あーあ、あの子ったら、こんなに散らかして）

しょうがないなあ、とくすくす笑い、手際よく台ふきんをすすぐ。

使った乾物や調味料もさっと元の棚に戻し、改めて深々と俺の体で頭を下げて——。

（どうもありがとう。神様に、よろしく伝えてね）

ご飯さえ炊かずに望みを果たした彼女は、溶けるようにして消えた。

＊＊＊

早朝の「てしをや」。

前日の雨がちの天気から一転、爽やかな陽光が差し込む店内で、俺は腕まくりをして、コピー用紙とにらめっこをしていた。

右手には蛍光ペン、左手にはセロハンテープ。ずばり、貼り紙の作成中である。

A4用紙には、すっきりとした明朝体で、「当店と、SNSで話題のチキン南蛮は関係がありません」と記してあった。

字の美しさに自信のない俺は、家にあるパソコンとプリンターで、文章だけ出力してきたのである。

「んー、蛍光ペンで目立たせると安っぽいか？　でも、あんまり白っぽくても愛想がないしな。文章が毅然としてるから、素っ気ないとキツく見えちまいそう……」

そう。俺はようやく、「てしをや」にまつわる誤解を、率先して解きに行くことを決意したのである。

神様から「ハレとケ」の話を聞き、さゆりさんからも日常の愛おしさを教わったことで、俺はようやく理解した。この一連の騒動――「てしをや」のハレの日は、少々長く続きすぎてしまったのだと。

ハレばかりが続けば、疲れてしまう。

かといって、ハレの日に浮かれた自分や、そうさせた周囲を責めるのは筋違いだ。

晴れがましいひとときを堪能したら、潮時を見計らって、ただケに戻っていけばいい。

そうして、今度は愛おしい日常を、積み重ねていけばよいのだ。

腑に落ちたなら、善は急げ。俺は貼り紙を作ることを思い立ち、準備を始めたのだった。このあと志穂や敦志くんに相談して、くだんの投稿へのリプライも考えるつもりだ。

「お兄ちゃん！」

とそこに、勝手口ががちゃりと開き、急いた様子の志穂が飛び込んで来た。店までの道を走ってきたらしく、ポニーテールが余韻でまだ揺れている。

「ねえ、見た——って、何してるの？」

志穂はなにかを問いかけたようだが、俺の手元にある紙に気付くと、怪訝そうに眉を寄せた。

「ああ、これな、貼り紙。やっぱり、俺も店の現状を、どうにかしたほうがいいと思って。遅ればせながら、貼り紙をしようと思って、作ってきたんだ」

席を立ちながら、毅然と告げてみせる。

初動は遅れてしまったけれど、やると決めたら一気にことを進めるのがこの俺だ。貼り紙に、アカウント作成をはじめとする投稿への対応、お客さんへの説明整備など、考えていたことを全部伝えようと、身を乗り出した。

これで妹も、少しは兄のことを見直して——。

「お兄ちゃん、それは嬉しいけど、もう必要ないかも」

「んっ？」

だが、志穂がぴしっと片手をあげて話を制したので、つんのめりそうになる。

あれだけ「なにも対策しないのか」という雰囲気を滲ませていたくせに、「必要ない」とは、これいかに。

「私も昨日の夜、敦志さんに教えてもらったんだけど——ほら、これ」

困惑していると、志穂は軽く肩を竦め、バッグからスマホを取り出した。

すいすいとメッセージを遡り、敦志くんから送られたと思しきリンクをタップする。

途端に画面一杯に広がったのは、「てしをや」ブームのきっかけとなった、有名な歌手の動画だった。端整な顔を視聴者に向け、気さくさと申し訳なさを絶妙にブレンドした表情で語りかけている。

『あちこちで、ファンの皆が、僕の「勝負メシ」を特定しようとしているって聞いたんですが……すみません、それはどうか、控えてください。ずっとエネルギーをチャージしてくれたその店は、僕にとって本当に大切な場所なんです』

お世話になっている定食屋に負担を掛けたくないこと、誤認されたほかの店にまで迷惑が掛かってしまうのは申し訳ないこと、通った飲食店を追体験するのではなく、ファンには曲を通じてアーティストの魅力を堪能してほしいこと。それらを真摯に語り、彼は最後に、軽く拳を握った。

『僕自身の曲が、皆の「勝負曲」になれたらと思ってますんで』

照れくさそうな笑みを浮かべた瞬間、志穂の指が再生を止めた。

「ファンに向けた配信動画の一部らしいんだけど、これが、昨夜のうちにかなり拡散されたみたい。その後すぐに、この人の新曲が公表されて、ファンはもう、そっちにかかりきり。今から『勝負メシ』を探そう、食べに行こうっていう人は、いないと思う」

思わず、ぽかんとしてしまった。

俺たちが十日以上も翻弄(ほんろう)された問題が、たった一人の、たった十秒のコメントによって解消されてしまうだなんて。

ことの始まりも夢のようなら、幕引きの仕方も夢のようにあっけない。

「まじかよ……」

「それより」

消沈して貼り紙を取り落としてしまった俺に、志穂はずいとスマホを突き付けた。

「今はこっちのほうが問題」

先ほどの歌手の動画から、いくつかの広告やテキストを通過し、次に現れた画像を見て、大げさでなく、息を呑んでしまう。

「え……？」

映っていたのは、見覚えのある場所だった。

閑静な住宅街の奥深く、少し長めの石段と、その先にある質素な鳥居。

小雨が降っていて、周囲の森も石畳もしっとりと濡れて明度を落とす中、鳥居のちょうど真上だけ、雲が切れて淡い虹が掛かっている。

『この神社、やばい。絶対「本物」！』

そう。それは、俺たちが何度となく足を運んでいる――神様のいる神社だった。

『例の定食屋さんのついでに寄ったんだけど、最近の幸運続きは、もしかしてこっちの神社が引き寄せてくれてたのかも⁉』

投稿は、絵文字をふんだんに使ったそんなテキストで締められていた。

「これって」

視界に飛び込んできたアイコンに、思わず呟きが漏れる。

ガラス細工で作った小花のピアス。先日、「勝負メシ」を投稿したアカウントだった。

「そう。『てしをや』が『勝負メシ』の店だって投稿した、例のアカウント。歌手本人から釘を刺されて、逆に叩かれるのを恐れたのか、それとも単に、次の燃料がほしくなったのか、話題を『てしをや』から『神社』に逸らしはじめたみたい」

この人がすごいのは、と、志穂は強ばった声で続けた。

「この『神社』の投稿も、すごく伸びてるところ。『勝負メシ』の投稿で一気にフォロワーが増えたみたいで、その人たちがせっせと拡散しているみたい。パワースポットだ、って」

「そりゃ、ある種のパワースポットなのは事実だけど、あの神社は、そういう、皆がきゃっきゃと囃し立てるような場所なんかじゃないだろ」

いつも人気がなくて、地味で、こぢんまりしている。

でも、ふらっと立ち寄った人をさりげなく受け入れてくれる、不思議な穏やかさと、居心地のよさがある、そういう場所なんだ。だから死者も俺も、安心して来られる。

だというのに、幻想的な虹のせいか、それとも光の加減なのか、投稿画像に映った神社は、まるでよそ行きの化粧でもしているかのように、やけに美しく、神秘的に見えた。

ここで密かに、魂の未練を晴らす奇跡が起きているのだという事実まで一緒に、世界に向かって公開されてしまったようで、突然自室に踏み込まれたかのような、奇妙な焦りと動揺を覚えた。

「鳥居に虹とか……神様ったら、なに、こんな『映える』奇跡起こしちゃってんだよ」

「これが神様の意図かはわからないけど、私は心配してる。昨日までの『てしをや』に起きていたのと同じことが、この神社で起きないかって」

声を上擦らせた俺とは裏腹に、志穂は沈んだ声で告げる。

はっとすると同時に、昨日目撃した、鳥居に向かってカメラを掲げる人々の姿が脳裏に蘇った。

ただでさえ、ここ最近、くだんの歌手の一部ファンによって、連日のように揚げ物を供えられていた神社。

神社それ自体が脚光を浴びたことで、一気に参拝客が押し寄せたら？

神職さんもさほど来てはくれない、あの手狭な境内に、幸運にあやかりたい人々が、「映える」写真を撮りたい人々が、流行りに乗りたい人々が、好き勝手やって来たとしたら。

「……俺、ちょっと、神社見てくる」

「私も行く」

いても立ってもいられず声を上げると、志穂がすぐ、それに続いた。

時計を見ると、開店まではもう三時間。本当なら、仕込みを始めなくてはならないけれど。

「念のため、これだけ貼っとこう」

俺は作りかけの貼り紙をひっくり返し、油性ペンで「本日、都合により、開店時間が遅れます」と書きつけると、それを玄関に叩きつけるようにして貼り、神社への道を走りはじめた。

参拝客が増えることは、本当ならいいことだ。多くの人間から願いを向けられ、存在を必要とされるのは、きっと神様にとっても悪くないこと――晴れがましいことのはず。

それでも、俺はもう知ってしまった。「ハレ」にはさじ加減があるのだということを。

嫌な予感がした。ずしりと胃がもたれるような気がしたのは、連日嗅ぎ続けたチキン南蛮の匂いを思い出したからか、それとも、賽銭箱の横に放り出されていた揚げ物を思い出したからか。

「あっ」

果たして、俺たちの予感は、見事に的中してしまった。

「うそ。昨日の今日で、こんなに」

志穂も呆然と呟く。

閑静な住宅街の奥深く。大通りから小道に逸れた先。

鳥居へと続く狭い石段には、初詣にでも向かうかのような大人数の参拝客が、ずらりと列をなしていた。

慌てて最後尾に並び、じりじりと境内に進む。

漏れ聞こえる人々の会話から察するに、この神社が話題だと知った近隣の住人が、久々に境内を冷やかしに来た、というのが大勢を占めるようだったが、中にはわざわざ電車を乗り継いでここに来たという客もあり、彼らは時折列を飛び出しては、あちこちに向かってスマホをかざし、カシャカシャとシャッター音を鳴らし続けていた。

古びた手水舎は、いちどきに多くの人々が柄杓（ひしゃく）を突っ込んだせいで水浸し（みずびた）になり、落とし物なのか、ハンカチが濡れた石畳の上で無残に踏みしだかれている。

賽銭箱やご神木の傍には、「勝負メシ」投稿の名残なのか、飲み物や菓子のほかに揚げ物が積み上げられ、そのほかにも、飲み残しのペットボトル、誰かが捨てたのであろう紙くずなどが、あちこちでひしゃげ、ゴミと化していた。

「ひどい……」

あと数人で鈴緒を垂らした賽銭箱、というところまでやって来たが、耐えきれず、俺たちは列を抜け出した。

とうてい、神様が声を聞かせてくれるような状況とは思えない。

それ以前に、神様に合わせる顔がなかった。

——まあ、まあ。最後の願いだから。

不意に、昨夜、去り際に掛けられた言葉を思い出す。

神様は、この状況をどのくらい見通していただろう。

冗談だと思っていた発言——しかし実際には、別れの通告だったのではあるまいか。

とそのとき、尻ポケットに突っ込んでいたスマホがぶるりと震え、我に返った。

見れば、志穂も同時に通知を受けたようで、続けざまに震えるスマホを慌てて取り出している。

直感としか呼べない、奇妙な感覚に貫かれ、俺たち兄妹は素早く視線を交わし、境内の端に引っ込んだまま同時にメッセージアプリを開いた。

メッセージは、敦志くんからだ。

昨日志穂が、くだんのアカウントについて相談したからだろう。俺と志穂を含めた三人のグループを作り、そこに連続して、画像とテキストを送ってくれていた。

連投してしまい申し訳ないですが、という彼らしい丁寧な断りの後、敦志くんは衝撃的な一言を綴っていた。

『話題になってる神社の画像、よく見てみたんですけど、合成だと思います』

投稿画面のスクリーンショットと、鳥居の上部の拡大画像を挟み、影が繋がっていないとか、虹の角度がおかしいだとかの解説が続く。おそらく、石段の最下段から左側に逸れた場所で撮影した神社の画像と、他の場所で撮った虹を合成したのだろうと、敦志くんなりの推測が書かれていた。

「合成……？」

息を呑みながらメッセージを読み進め、ある部分で、画面を操る指が止まってしまった。

『それで気になって、チキン南蛮の画像のほうも、じっくり見てみました。今さら気付いたんですけど、お皿の背後の見切れている部分、テーブルの木目ではなくて、ステンレスっぽい、銀色の素材なのが気になります』

皿の背後に映り込んでいるのは、テーブルの木目ではなく、ステンレスっぽい素材。

前のメッセージから遅れること数分、躊躇うように、敦志くんはこう書き添えていた。

『このチキン南蛮、厨房で撮影されたってことは、ありませんか？』

隣で、志穂がひゅっと息を呑んだ。

「私」

同じ部分を読んだのだろう。スマホを握る手が、わずかに震えている。

「実は、気になってた。話題になったチキン南蛮の画像って、いつ撮られたものなんだろうって。だってそれまで、客席からシャッター音なんて、聞こえたことがなかったから」

答えにたどり着くのを避けるように、志穂は「彼女」の名前を出さずに話した。

「聞き逃しただけかなって思ったんだけど……でも、たしかに一回、しっかり聞いたことは、ある。厨房の中で。早く盛り付けを覚えたいからって、まかないで出したチキン南蛮定食を、熱心に撮影してたから」

昨日までの俺だったら、笑い飛ばすことができたと思う。考えすぎだと。

だが、そのとき俺の脳裏には、ある光景が蘇っていた。

『こんな大人気の定食屋さんで働けるなんて、誇らしいです。バズりに感謝しなきゃ』

ＳＮＳで話題になっていることを真っ先に察知し、報せてくれた彼女。

『緑色が強めに映るから、写真に撮ったときに「映える」みたいで』

俺が付け合わせを緑に寄せようとしたときには、控えめながら賛同してみせた。

『いろんな人から連絡が来るんですよ』

友人から羨まれるのが嬉しい、というのは、俺に気を使わせないための方便だと思っていた。

『この調子なら、テレビが来たり、すぐに二号店ができちゃうかもしれませんね』

だがもし、それが彼女の本心だったとしたら？

接客時にはわざわざピアスを外していた彼女。小花を象ったピアスのアイコン。

そして、もう一つ。

「ごめん。考えすぎ、かも。あはは……」

「俺」

決定的な名前を出せずにいる妹に代わり、ぽつりと呟いた。

「実は俺も、見た」

人混みでごった返す境内を見回す。

鳥居から続く階段、そのあちこちに佇む、カメラを構えた参拝客。

昨日、雨上がりのあの時間、俺は同様に、石段から鳥居の外を見下ろしたのだ。

道路に屈み込んだり、茂みに身をめり込ませるようにしながら、最も「映える」写真を撮ろうと躍起になる人々、俺と目が合うとばつが悪そうに去ってゆく人々を、寒々しい思いで見つめていた。

そうして驚いた。だって、「石段の最下段から左側に逸れた場所」――素早くスマホをしまって立ち去っていく人々の中に、彼女の後ろ姿を見つけたから。

視線は、ごく一瞬、合ったかもしれないし、向こうはこちらに気付かなかったかもしれない。人違いかと思ったが、華やかな柄の折りたたみ傘は見間違えようもない。

俺は思わず、眉を寄せたものだ。

授業があると言っていた彼女が、興味を引かれてわざわざ立ち寄るほど、この神社も「勝負メシ」の一件に巻き込まれているのかと、心苦しくなったから。

同時に、彼女も密かに、歌手のファンだったのかなと思いもしたが、真相はきっと違う。

彼女は「勝負メシ」に続く、新しいネタを求めに来たのだ。

「見たんだ、昨日。ここで。――小春ちゃんが、神社を撮影してるところ」

西本小春。

この春から「てしをや」に加わった、控えめながら仕事のできる女の子。

誰かが落とした、食べかけの菓子パンを収めたビニール袋が、撮影に夢中になっていた参拝客に踏まれ、ぐしゃりと歪んだ音を立てた。

四皿目　あさりの味噌汁

日中は軽く汗ばむほどだし、厨房に熱が籠もるのでエアコンを付けていたが、それだと夜は寒すぎるかもしれない。

夜の部の営業を終え、皿を洗ったり床を磨いたりしながら、ぼんやりとそんなことを考えていた。

それとも、肌寒く感じるのは、この重々しい沈黙のせいか。

一日を通じて、オーダーの共有やちょっとした依頼を除いて、俺と志穂はほとんど口を利いていなかった。

とはいえ珍しいことに、原因は兄妹喧嘩ではない。

どちらも考えごとで頭がいっぱいになって、口を開いたところで何から話せばよいのかわからず、ずっと内側に向かって思考を整理しているからだった。

「……その後、連絡って来た？」

俺よりわずかに早く、思考の道筋を整えたのだろう。きゅ、と水を止めた志穂が、エプロンで手を拭きながら尋ねる。

「いいや」

俺もまた、モップを物置に戻しながら答えた。なにかをしながらでないと、声が深刻になりすぎそうな気がした。

昨日の朝、神社で敦志くんの連絡を受け取ってから、俺たちは店へと引き返した。沈黙していると、その間にどんどん問題が大きくなるとでも言うように、二人とも歩きながら、早口でどうするかを話し合い、すぐに行動に移った。すなわち、小春ちゃんに連絡を入れた。

元々シフトによれば、その日は小春ちゃんの出勤日だった。

翌日もバイトに入ってもらい、その次からはゴールデンウィークになだれ込む。サラリーマンや大学生を中心顧客とする「てしをや」では来客が見込めないので、大胆に一週間店を閉める。そのつもりだった。

つまり、この話は、今日明日中に決着を付けなくてはならない。

そこで、メッセージアプリで「今日はちょっと早く来てもらいたいんだけど」と送ってみたのだが、それに対して、こんな返信が来たのだ。

『すみません、具合が悪くて……。しばらくお休みさせてもらってもいいですか。開店時間の直前にすみません』

俺たちは顔を見合わせてしまった。

つい先ほどまでなら、小春ちゃんの体調を素直に案じ、「気にしないで、ゆっくり休んで」と返信していただろう。二日だけ頑張れば、あとは休みだ。しばらく休みたいと言われても、気にするほどでもない。

だが、このタイミング。

神社から立ち去ったとき、やはり彼女は俺に気付いたのかもしれない。

追及されそうになっていることを察し、逃亡を図ろうとしているのかも——そう思わずにいられなかった俺は、衝動的に、メッセージアプリの通話ボタンを押していた。直接、話を聞きたかったのだ。

すると、である。彼女は俺たちを、ブロックしてしまった。

「嘘だろ……」

店の勝手口まで引き返していた俺たちは、メッセージ送信も通話も受け付けない画面を見て、呆然と立ち尽くした。

あんなにきびきびと働いて、気配りをしてくれた小春ちゃんが、こんな方法で関係を断ち切ってしまうことが信じられなかった。メッセージアプリを通じて、営業時間外も緩やかに繋がっていた関係が、こうもあっけなく掻き消えてしまう、その儚さに驚いた。

携帯電話の番号にも掛けてみたが、すぐ留守電に切り替わってしまい、やはり繋がらない。こうなってしまうと、共通の知人がいるわけでもない俺たちとしては、ただ、彼女からの連絡を待つ以外できなかったのである。

「何がしたかったんだろう、小春ちゃん」

エプロンを脱ぎながら、志穂がぽつんと呟く。

「あんなに、いい子で……感じがよくて、お客さんの気持ちに寄り添う接客をする子だったのに。誤解が広まって、私たちが困惑してるってこと、わからないはずないのに」

まったく同じことを考えていた俺は、ぐるりと客席を見回して、爪楊枝が減っていないかを執拗に確認していた。なにか作業がないと、ずっと悶々と考え込む羽目になる。

「女子大生だもん。インフルエンサーに憧れる、ってのは、普通なんじゃねえの。写真を合成するのとかも、今どき『盛る』の範疇なのかもしれないし、店や神社のためによかれと思って、そうしたのかも」

「それはたしかに、『ゴキブリツイート』みたいに、店を攻撃したわけじゃないけど」

志穂もまた、次の仕事を探すように、眉を寄せながら厨房に視線を走らせた。

今回の件で悩ましいのは、小春ちゃんの行為それ自体を、悪意として受け止めるべきかわからない点だった。

時系列を考えるに、小春ちゃんが「てしをや」にやって来たのは、大学で配られたミニコミ誌を見たからだ。女子大生にも人気が出はじめた頃で、その背中を押すようなタイミングで、彼女は「勝負メシ」の投稿をし、事実、凄まじい勢いで人気に火が付いた。

だとすれば、彼女が誤情報だと承知で「勝負メシ」の情報をばら撒いたのは、バイト先の店を盛り上げたかったからか。それとも単に、承認欲求を持て余していて、ちょうどバイト先がネタとして使えそうだったからだろうか。

「てしをや」の人気が落ち着きそうだと判断するや、すぐに「神社」に目先を変えたところを見ると、やはり後者なのかもしれない。

「小春ちゃんは攻撃的な書き込みをしたわけじゃないけど……でも、嘘はついた。それに、やっぱり私、神社のあの状況は、嫌だよ」

結局、こなすべき作業を見つけられなかった志穂は、溜め息をつき、畳んだエプロンをそっと厨房の片隅に置いた。

「すごく……踏みにじられた、っていう感じがした」

「うん」

俺もまた、爪楊枝の補充を諦め、椅子の一つに腰掛けた。

「俺も、そう思った」

脳裏には、賽銭箱の横に積まれた傷みやすい供え物や、砂利に絡まるようにして捨てられたゴミの光景があった。

神様はどう思っただろう。

こちらの都合で、仏から神にされ、取り壊しの危機に遭い、合祀され、かと思えば一気に参拝客に押し寄せられて。

スマホを片手にやって来た人々は、きちんと手を合わせただろうか。感謝は捧げただろうか。真摯に向き合っただろうか。それとも身勝手に願いをぶつけ、ゴミを撒き散らし、砂利を蹴飛ばして帰っただけだったろうか。

昨日の夜、そして今朝も神社を見に行ったが、行列は一層増えるばかりで、境内に立ち入れる気もしなかった。話しかけるだなんて、なおさら無理だ。

いつもならこんなとき、神社に駆け込んで、神様に泣き言を漏らすというのに、今、それだけは絶対にしてはいけない気がした。

「どうすりゃいいんだろう」

首を仰け反らせて天井を見上げる。

志穂の読み通り、昨日から来客数は急激に落ち着いていて、体力にも余裕があったはずなのに、やけに心身が疲弊していた。

もっと俺が早く手を打っていれば、神社を巻き込まずに済んだのではないかという思いと、連絡も取れないのにどう手を打てば、という思いとが渦巻き、鉛でも飲み込んだかのように喉が重苦しい。

説明がほしいと思った。二ヶ月ほどしか一緒に働いていないけれど、いいや、二ヶ月とはいえ一緒に働いたのだから。

たぶん、俺たちは言い訳を聞きたいのだ。信じさせてほしかった。

けれど、相手から拒絶されているこの状況下、いったいどうすれば――。

「こんばんはー」

ガラ、と引き戸が開いたのは、そのときだ。

「哲史、いる？」

夜風と一緒に、颯爽と店内に踏み入ってきた人物を見て、俺は思わず目を瞬かせた。

「夏美？」

さっぱりとしたショートヘアに、細身のジーンズ。

元ジムトレーナーらしい、しなやかな腕を軽く振って挨拶を寄越した彼女は、俺の恋人、佐藤夏美だったのだ。

「あ、夏美さん。こんばんは」

「え、夏美、どうした？」

「どうしたも、こうしたも」

志穂と俺がそれぞれ、驚きとともにまごまごと挨拶を返すと、夏美は憤慨したように鼻を鳴らし、俺の向かいの椅子を引いた。

「いくらメッセージを送っても、全然反応がないから、様子を見に来たんでしょうが」

「へ？」

予想外の返答にぽかんとし、それから慌てて、ポケットからスマホを取り出す。

言われてみれば、夏美からのメッセージを読むだけ読んで、なに一つ返信をしないまま、数日を過ごしていた。

最初の数日は多忙から、そして昨日からは、小春ちゃんからの連絡を待ち続けるあまりである。

特定の相手からの返信を確実に受け取りたいとき、ほかの人物から連絡を寄越されると、集中が乱されそうで、返信しないまま放置してしまうことって、あるよな。

「うわ、ごめん。後で返信しようと思って、結果ずっと無視する格好に……」

「そんなことだろうとは思ったけど、珍しいじゃない。いつもすぐに返事くれるのに」

ちょっと拗ねたように告げる夏美に、正直に言えば、感動した。

いつもメッセージを送るのは俺からで、夏美からの返信は一日に一回あるかないかくらいなのに、こちらからの連絡が途絶えると、こんな風に心配してくれるのか。

「いや、実はさ——」

元々夏美には、小春ちゃんという新入りバイトが加わったことも、「てしをや」が予想外の注目を集めてしまったことも、途中までは話してある。

さらに言えば、夏美との縁は神様に取り持ってもらったものでもあるので、この件とは無関係とは思えず、神社の現状まで含めてすっかり伝えてしまった。

もちろん、魂を下ろす云々、というところは省いたけれど。

「ふうん、そっか。連絡、繋がらなくなっちゃったのかあ……」

夏美はじっくりと耳を傾け、最後、頬杖(ほおづえ)をついたままぽつんと呟いた。

基本的に、あざといことは好まない性格なので、小春ちゃんのことを非難するのかと思いきや、意外にも彼女は、こんなことを言い出した。

「その子がなにを考えているのかなんて、外野にはわからないけど……わからないからこそ、きちんと聞いてみたいよね。案外、なにか抱えているかもしれないし」

と。

顎の下に当てていた掌に口元をうずめ、少しばつが悪そうに、こうも付け足した。

「ブロックって、された側からすれば攻撃だろうし、傷付くだろうけど、する側も案外、思い詰めていることがあるかもしれない。もちろん、人によるけど」

考えてみれば夏美は、亡くなった姉の亜紀(あき)さんに成り代わろうとするあまり、俺との関係も、勤めていた会社も、一度は断ち切った人物なのだった。

「……断ち切った相手から踏み込まれるのって、嫌じゃないか？」

「私は嫌じゃなかった。まあでもそれは、結果がよかったからだし、絶対その子に当てはまるとも思わないけど。でも、この状況だし、たとえ嫌な思いをしようとも、それはその子が引き受けるべきものなんじゃないかな。だって、説明してほしいじゃない」

夏美の言葉には迷いがない。

そこにはもしかして、なにも説明せず関係を終わらせようとした過去の自分に対する、後悔や戒めがあるのかもしれなかった。

「でも、連絡が取れないんです。アプリでも、電話でもだめで」

厨房からテーブル席に出てきた志穂が、しょんぼりと打ち明ける。

「こんなにあっけなく、関係って終わっちゃうんだ、って。私たちは、そこにショックを受けているのかもしれません」

と、夏美はこれに対してもあっさりと首を傾げた。

「うーん。なら、会いに行けばいいんじゃないかな。バイトなんだったら、応募したときの履歴書があるでしょう。そこに住所は書いていないの？」

思いがけない指摘に、目を瞬かせる。

そうか——スマホで連絡が取れなくても、会いに行くという方法があったのだ。

今こうして、返信がないのを案じて店に来てくれた、夏美のように。

「いや、でも……家に押しかけるのって、怯えさせちゃわないか？　相手は女の子だし」

「なら、志穂ちゃんが行けばいいんじゃない？」

「ストーカー扱いされて、逆に訴えられたりとか」

「ドアの前で待ち伏せしたり、何度もしつこくチャイムを鳴らしたりしたら、やりすぎかもしれないけど、会えなかったらポストに手紙を入れるとか、一回限りにするとかすれば、べつに大丈夫じゃないかな」

もごもごしながらテーブルの上で手を組む俺に、夏美は呆れ顔で肩を竦める。

「どうして躊躇うの？　連絡が付かなくなったバイトの家を、雇用主が訪ねる。そんなにおかしなことかな。まして、どうしても聞き出したい事情もあるのに」

たしかに、そうだ。

便利で、簡単に人と繋がれるＳＮＳ。

一日のうちの長い時間を共にする相手とさえ、小さな画面を通じてしか会話しない環境に慣れるあまり、会いに行く、という原始的な手段をすっかり忘れてしまっていた。

子どもの頃は、会えるか会えないかもわからないまま、チャイムを鳴らしに行くなんて、当たり前だったはずなのに。

複雑な事態を、ケーキでも切り分けるみたいにすっきりと整理した夏美は、「あのね」と、そこで少し視線を落とした。

「私、今でも時々、お姉ちゃんに、もっとああすればよかった、こう言えばよかったって、考える」

思わず、背筋を正す。

夏美の口元は、頬杖をついた掌で隠されたまま。

火事で亡くした姉のことを語るとき、彼女の唇はいつも震えてしまうから、それを見せまいとしているのかもしれなかった。

「明日伝えよう、来週会おう——そんなことを考えてるうちに、突然別れって、来るじゃない。それは、哲史も、志穂ちゃんも、私なんかに言われなくても、知ってるでしょう」

慎重に紡がれた言葉に、横の志穂が俯いた。

そうとも。交通事故で突然両親を失った俺たちも、そのことをよく知っている。

いや、知っていたはずなのに。

「会いに行くのは勇気がいるし、踏み込むのは怖いんだけどね。でも、天国に話しかけに行くのに比べたら、全然簡単じゃない。だから、生きている間は、なるべくそうしようって、最近思うの」

静かに告げられた言葉に、横っ面を叩かれた気がした。

SNSで繋がれなければ、会いに行けばいい。足を動かせばいい。

だって、相手も自分も生きていて——俺たちはまだ、「会える」のだから。

「……そうだよな」

みぞおちのあたりから、じわじわと羞恥が込み上げた。

あれだけ悲痛な死者たちの思いを仲介しておいて、自らの両親だって亡くしておいて、なぜ俺と来たら、そんな単純なことに気付けなかったのだろう。いつもいつも、神様に安易に縋ってばかりで。俺の口は、目は、手足は、なんのためにここにあるのか。

ぐっと拳を握って自己嫌悪を振り払い、ついでがしがしと髪を掻き乱してから、俺は勢いよく、ジーンズの膝を叩いた。

「そうだよな！」

この件、神様には頼らない。元は人間が蒔いた種。自分のケツは自分で持つのだ。

「志穂。今日はもう遅いから、明日、小春ちゃんの家に行こう。履歴書に住所、載ってるよな」

「うん、ここに」

志穂はすでに動き出し、厨房奥の、重要書類などを閉まっている金庫へと手を伸ばしている。

明日からは、ゴールデンウィーク。

俺たちはしっかりと頷き合い、訪問について打合せはじめた。

＊＊＊

履歴書の住所にあったのは、大学のある駅から二十分ほど歩いた、三階建てのアパートだった。玄関扉や窓の並び方を見るに、一つ一つの部屋はさほど広くなく、小春ちゃんのような一人暮らしの大学生や、独り身となった高齢の住人が多いようだ。

道路から最も目に付きやすい、一階の端の部屋が、カーテンも取り付けられず、空き部屋となっていて、少々うらぶれた印象だ。

志穂も俺も、無言で敷地内に入った。

一階の階段付近に設置された、集合ポストを見れば、「303」のところに、たしかに手書きの文字で「西本」とある。

少なくとも申告された住所に偽りはなかった。ならば、なにもかもが嘘ということはないのかもしれない。そんな風に、少しずつ明らかになる小春ちゃんのプロフィールに一喜一憂しながら、志穂と俺は、重い足取りで三階へと向かった。

オートロックのドアも、全戸インターホンを備えたエントランスもないせいで、いきなり小春ちゃんの部屋とご対面だ。エレベーターが設置されておらず、階段を上るしかないので、一段一段と目的地に近付いていく感覚が、一層生々しく身に迫る。

いつぶりだろう、と思った。

待ち合わせをするのでもなく、誰かのところに、直接会いに行くなんて。

メッセージの送信ボタンを押す比ではない。人に会う――話しかけるというのは、こんなにも、緊張を伴う行為だったのだ。

「よし……、じゃあ、押すよ」

303。小春ちゃんの部屋の前に立ち、志穂がおもむろに人差し指を掲げる。

部屋の扉横にあるインターホンに、カメラは付いていないように見えたが、念のため俺だけドア付近から離れる。いきなり部屋の前にまで、男に来られても怖いだろうと思ったからだった。

カチッ、と、薄いパネルがへこむ音に続き、ピンポーン、と軽やかなチャイムが響く。

待つこと十秒ほど。

——出ない。

俺たちは素早く視線を交わし、志穂は気合いを入れるように短く息を吐き出すと、再び人差し指を掲げた。

チャイムを押すのは、二度までにしようと決めていた。

ピンポーン。

場違いに明るい音が、朝の空気にしらじらと伸びてゆく。

一秒、二秒、三秒。出るか、出ないか。それとも部屋に、いないのか。

鼓動が速まり、掌にじわりと汗が滲む。

『——はい』

繋がった。

驚きとも安堵ともつかない思いで顔を見合わせた後、志穂はすぐに、インターホンに向かって身を乗り出した。

「突然ごめんね。志穂です、『てしをや』の。押しかけちゃってごめんなさい。どうしても聞きたいことがあって、でも、お店に来られないってことだったから」

早口で訴えると、ドアの向こうの相手は、息を呑んだようだった。

わずかな沈黙の後、機械を通したとき特有の、くぐもった声で告げる。

『すみませんが、体調が悪いんです。落ち着いたら連絡するので』

マイク越しだからなのだろうか。小春ちゃんの話し方は、やけに素っ気なく聞こえた。

「落ち着いたら連絡、っていうけど、私たちのこと、ブロックしてるよね。電話も出ない。避けているんじゃないの？　でもね、私たちは話を聞きたいの」

『……ですから』

「ねえ小春ちゃん。勘違いならごめん。『勝負メシ』や神社の投稿、あのアカウントの正体は、小春ちゃんじゃないかって、私たち、思ってる。理由を聞きたいよ。だって、お客さんを騙すようなこと、しちゃったわけでしょう？」

小春ちゃんの返事はなかった。はあ、という溜め息のような音をマイクが拾う。

俺は密かに衝撃を受けていた。いつも笑顔で、苛々した様子など一度も見せなかった彼女が、溜め息だなんて。

「べつに法律上は罪じゃないかもしれない。でも、嘘でお客さんを呼び込むのは、嫌だよ。食事目当てじゃないお客さんが、手が回らないほど来るのも、悲しかった」

『……だから』

また、溜め息。

だが、続けざまにくり返される浅い呼吸を聞き取り、俺はふと眉を寄せた。

なんだか——様子がおかしくないか？

「ねえ、小春ちゃん、ここを開けてほしい。一度、ちゃんと話そうよ」

『……だから、今日はちょっと』

声がくぐもっている。いいや、これは鼻が詰まっているんだ。

返事までには微妙な間があり、息が上がっていた。

——すみません、花粉かな。

一昨日、立て続けにくしゃみをしていた小春ちゃんの姿が蘇った。

『具合が悪いって、言って』

プツッと小さな音が響き、返事が途絶えてしまう。インターホンの通話時間が終わってしまったのだ。代わりに、ドアの向こうで、どさっと鈍い音が響いた。

「えっ？」

「小春ちゃん！」

俺は慌てて駆け寄り、もはやチャイムを鳴らす手間も惜しんで、どんどんとドアを叩きはじめた。

「どうした、倒れた⁉　大丈夫か⁉　意識ある⁉　ちょっと、ここ開けて！」

「どっ、どうしよう……風邪？　熱？　救急車呼んだほうがいい⁉」

扉越しとはいえ、目の前で人に倒れられたことなどない。俺も志穂もパニックだった。

「起きてるか⁉　起きて！　ここ開けて！　大丈夫か⁉」

どうしよう。言い訳だと思っていたのに、まさか本当に具合が悪かったなんて。

先ほどポストを覗いたとき、受け口から郵便物が溢れそうになっていたのを思い出す。

彼女はきっと、少なくとも数日、この部屋から出ていないのだ。

メッセージも通話も、インターホンでさえもどかしい。今すぐ、直接、このドアを開けて彼女に会わなくては。その思いだけで頭がいっぱいになった。

「小春ちゃん！　大丈夫か⁉　小春ちゃ――」

「近所迷惑になるので、やめてもらえますか……」

強く叩き続けていると、がちゃっとノブが回る音がして、ドアがわずかに開かれる。

出てきてくれた！

「今のは、ちょっと、壁にぶつかっただけです」

だが、ドアにもたれるようにして、隙間から顔を覗かせた彼女は、化粧気もなく、ひどい顔色をしていた。

「小春ちゃん、どうしたんだよ。大丈夫か？」

「風邪です。今日は無理ですが、数日すれば落ち着くと思うので、話ならそのとき――」

小春ちゃんは目を据わらせ、素っ気ない声で言い捨てようとしたが、それを志穂の叫びが遮った。

「そんなこと言ってる場合じゃないでしょ！　私たちは、『大丈夫か』って聞いてるの！」

色白の頬を怒りでぱっと赤く染め、妹はすごい剣幕でドアを引っ張った。

「今この状況で追及なんてできるわけないでしょうが！　大丈夫か、大丈夫じゃないかを答えてよ。熱は高いの？　病院には行った？　薬は飲んだの？　ご飯は食べた⁉」

のみならず、ぐいと爪先をねじ込んで、ドアが閉じないようにする。

志穂よ、おまえは強引なセールスか何かか。だが、よくやった！

「あの、散らかっているし、入らないで――」

「病院には行ったの⁉」

「行って、ないです」

小春ちゃんはむっとした様子でドアを閉めようとしたが、ドスの利いた志穂の問いに、ぎくりと顎を引く。気圧（けお）されたらしい。

「もう！　昨日までなにをしてたの⁉　今日はもう、祝日じゃない！」

平日中に病院に行かなかった小春ちゃんのことを、志穂はぴしりとまっすぐな声で叱（しか）りつけ、さっと部屋を見渡した。

床に中身を吐き出したまま放置されたバッグや、脱ぎ捨てられた服、散らばったままのインスタント食品の容器と割り箸。あとは、脱水症状に効果があると言われる飲料水の、空のペットボトルが一本と、水で満たされたコップ。

おそらくだが、風邪を引いた小春ちゃんは料理をする気力もなく、コンビニの惣菜かなにかで腹を満たし、徐々にそれも受け付けなくなって補水液を飲み、さらにそれを切らして買い足しに行くこともできず、水を飲んでいたのだろう。病院に行かなくては、と思いつつも体がだるくて動けず、そうこうしているうちに休日に突入してしまった。

ありありと思い浮かぶ。なぜならば、俺自身が残業続きの会社員として働いていたとき、そんな感じだったから。

だが、事故で両親を失うまでずっと実家で親と暮らし、ほぼ毎食手作りの料理を口にし、体調を崩せば看病され、熱を出したときこそ栄養豊富な食事を与えられてきた志穂には、この状況がまったく受け入れがたかったらしい。

この部屋には市販の解熱剤すらない、と聞き出すと、「もー！」と一層大きな声を出し、ぎっと俺のことを振り向いた。

「お兄ちゃん！　ドラッグストアで解熱剤買ってきて！　鼻水の薬も！　あとスポドリ！　それからゼリーとヨーグルトと果物！」

「おう！」

こうなったときの妹の気迫は、鬼軍曹のそれだ。

「え、あの」

「嫌ならお兄ちゃんは踏み込ませない。私も長居はしない。ただ、病人がちゃんと身を休ませられる環境だけ、整えさせて。換気もしないと……ここ、空気が悪いよ」

困惑する小春ちゃんの前で、ごそごそとバッグを漁り、志穂はビニール袋に包まれた紙マスクを取り出す。

「うつすのを心配しなくても大丈夫。私、花粉症持ちだからマスクも持ってるし。五分で換気と洗い物だけして、食べ物と薬を用意したら退散するから。平日になったら、ちゃんと病院に行くんだよ」

「あの……」

「そうだ。風邪のときって、塩分も大事だよね。待ってて、うちに作り置きの味噌玉と冷凍ご飯があるから、持ってきてあげる」

「そうじゃなくて」

一方的に話を進められ、たじたじとなった小春ちゃんが、言葉に悩むように俯いた。

「だって、私……」

「もちろん、話はしっかり聞かせてもらう」

弱々しい呟きを、きっぱりと遮ると、志穂はこう付け足した。

「ただし、元気になった後でね」

その後、俺たちは手分けして、部屋の片付けと食料の運び込みを済ませ、後日また様子を見に来ると強引に約束を取り付けてから、アパートを去った。

『今日は、本当にすみませんでした。おかげ様で、熱も下がり、食欲も戻って来ました』

ブロックを解いた小春ちゃんからメッセージが来たのは、その日の夜のことだった。

『お話を、させてもらえますか。明日、開いている病院を見つけたので、念のため受診して、問題がなければ、明後日の朝、「てしをや」に伺います』

神社やチキン南蛮に関する投稿も、同じタイミングで取り下げられていた。

＊＊＊

ゴールデンウィーク三日目。

二日閉めきっていただけなのに、「てしをや」の中に籠もった空気は、生温さを通り越し、暑さを感じさせるほどだった。考えてみれば、この連休が終わる頃には、暦の上ではもう夏になるのだ。春とは、かくも短い。

お客さんを入れるわけではないので、暖簾は出さず、勝手口側にある窓だけ開けて換気を済ませる。

俺も志穂も朝食がまだだったので、「とりあえず、ご飯とお味噌汁だけでも作って食べようか」という運びになった。

こんなこともあろうかと、志穂は砂吐きしたあさりを家から持ってきていたらしい。

「いやいや、どうしたら『こんなこともあろうかと』で砂吐きまで済ませるんだよ。準備よすぎないか？」

「実は昨日、友達と潮干狩りに行ってきたんだ。あさり汁って日持ちしないし、かといって一人分だけ作るのも手間だから、人数が揃うこの機会を、実はちょっと狙ってたの」

小春ちゃんのぶんも作っちゃお、と呟きながら、手際よく鍋を取り出す後ろ姿を見て、ふと閃(ひらめ)くものを覚える。

「さては、友達の名前は、『敦志くん』って言うのかなー？」

あさりを洗っていた手が、ぴたりと止まった。

「べつに、どうでもいいでしょ！」

なるほど、道理で詳細を語りたがらないわけだ。

小鍋に水とあさり、それから日本酒少々を入れ、火に掛ける。

沸騰してくると、すうっと、白とも紫ともつかぬ色合いに湯が濁り、根負けしたように貝が次々と口を開いていった。

火を止め、味噌を溶き、ついでに刻んでおいた長ねぎも鍋に加えてしまう。

お椀ごとに散らすより手間が省けるし、長ねぎの辛みが貝の生臭さを消してくれるのだ。

これでもう、完成。あまり長く火に掛けては、あさりの身が縮んでしまうそうだ。

「味見！　味見させて」

勢いよく挙手し、味見というには多すぎる量をお椀に移すと、厨房の丸椅子に腰掛けて汁を啜る。

貝汁ならではの、磯の香りを感じさせる奥深い旨み、長ねぎのかすかな辛み、そして味噌の絶妙な塩加減が、するりと喉を撫でてきて、俺は「あー……」と気の抜けた声を漏らした。

元々海鮮類は大好物なのだが、あさりの味噌汁って、なんてうまいんだろう。

にんにくやバターでしっかり味付けされた酒蒸しも好きだが、味噌汁の中に入ったあさりはまた格別だ。すっぴんの、とでもいおうか、飾らないあさりの味わいそのものを、最も堪能できる気がする。

貝柱のかすかな抵抗を楽しみながら、前歯であさりを貝殻からこそぎ取る。採れたばかりだというあさりはぷりっと肉厚で、砂もきれいに吐けており、噛み締めれば塩気たっぷりの汁を溢れさせるのが堪らなかった。

「うまい……うまい」

「おかわりするのはいいけど、私たちのぶんもちゃんと残しておいてよ」

早くも二杯目を掬いだしていると、志穂が呆れ顔で肩を竦める。

同じく運び込んでおいた冷凍ご飯と、あさりの味噌汁。

本当に、この二つがあれば十分――どころか、贅沢な朝食だ。

二人とも厨房に閉じこもったまま貝汁を掻き込んだ。

「あー、美味しい……。しまったな、もっと多く作って、余りにキムチとお豆腐を入れて、スンドゥブにすればよかった」

「なんだよそれ、天才か」

そんな会話を挟みつつ、あっという間に食べ終える。

空になった貝殻をまとめ、やはり暑くなってきたのでエアコンを入れるべきか、などと話し合っているうちに、勝手口ががちゃりと開いた。

小春ちゃんがやって来たのだ。

顔色はすっかりよくなっていたが、表情は硬い。

「改めて――一昨日はすみませんでした。あの、これ」

店内に踏み込むなり、彼女は深く頭を下げ、バッグから封筒を取り出した。

中になにが入っているかは、尋ねるまでもない。

俺も志穂も、打ち合わせたわけでもないのに、気付けばぴったり声を揃えていた。

「いや、いいよ」

「そんなわけには。薬も買ってきてもらいましたし、三食分の食事まで」

そう。志穂は家に引き返し、冷凍して小分けにした白飯と、刻んだ長ネギや乾燥わかめを味噌で丸めた味噌玉を、大量に小春ちゃんに押し付けていたのだ。

味噌玉は、湯を注ぐだけで立派な味噌汁になる。俺もよくお裾分けしてもらうのだが、ごま油で炒め、顆粒だしを絡めた長ねぎは味がよく、味噌も鍋で煮立たせないぶん、むしろ風味が際立ち、手早く作れるわりに、実力派の味わいなのだ。

「……お味噌汁、美味しかったです。すごく」

「よかった。ゼリーとかのほうが食べやすくはあるけど、いっぱい汗掻いたあとのお味噌汁って、『染み渡るー』って思うもんね」

志穂は、あえてなにげない様子で頷き、小春ちゃんをテーブル席へと促した。

「座って。病み上がりでしょ？　ちょうどあさりのお味噌汁を作ったの。飲まない？」

飲まない？　と尋ねながら、もう鍋に火を入れている。

こいつも段々、母さんに似てきたな。

「いえ、そんな、私」

「新鮮だから美味しいよ。夏になる前に、旬のものは食べておかなきゃ。ちょうど三人分作っちゃったから、飲みきるのを手伝ってくれたら嬉しいな」

有無を言わせず椀によそい、箸や箸置きとともに、テーブルに配膳する。

そのごく自然な流れで、志穂は小春ちゃんのはす向かいの席を引いた。なるほど、これが志穂なりの、一番緊張しない話し合いの始め方なのだ。

ちなみに俺は、そのテーブル席からほど近い、カウンターの一席に腰を下ろした。兄妹二人揃って、向かいの席に掛けたのでは、圧迫面接のようだと思ったからだ。

陽光の中、ふんわりとたなびく白い湯気を、小春ちゃんはしばらく見下ろしていた。静まり返った店内に、冷蔵庫のモーター音だけが響く。

「——……あったかそうですね」

長い沈黙の後、椀を見つめたままの彼女が呟いたのは、そんな言葉だった。

「一昨日も、久しぶりにお味噌汁を飲んだとき、思いました。あったかいな、って」

「まあ、汁物だもんね？」

志穂からすれば、煮返したあさりの味噌汁が湯気を立てているのも、湯を注いだばかりの味噌玉が温かいのも、当然のことだ。

きょとんとしていると、小春ちゃんはふと視線を落とし、小さく笑ったようだった。

それから、一度だけ唇を舐め、切り出した。

「お気付きの通り、私が、『勝負メシ』の投稿をした例のアカウントです」

傍(かたわ)らの椅子に置いてあったバッグを漁り、なにかを取り出す。

開かれた掌に載っていたのは、例のアカウントのアイコンに使われていた、小花を象ったピアスだった。

「まずは……すみませんでした。私、『てしをや』が勝負メシの店じゃないって知っておきながら、嘘の投稿をしました。こんなに拡散されるとは、最初は思わなかったんです。バイト先が、これで注目されたらラッキーじゃん、くらいの軽い気持ちで」

こと、と小さな音を立ててピアスをテーブルに置き、彼女は再び俯いた。

「でも、その後、状況に舞い上がっちゃって。あのアカウントが私だと知っている友達もいたし、その子たちから『すごい』って言われて、後に引けなくなったこともあって……つじつまを合わせるみたいに、話題が絶えないよう工作しつづけました」

鳴りやまない通知、どっと音を立ててるように連なるコメント。

人々が自分の真似をする。

付き合いの浅かった友人からも「投稿見たよ」と声を掛けられる。

そのすべてが、ぞくぞくするほど嬉しかったのだと彼女は言った。

「いわゆる……承認欲求、っていうのが、理由です」

「本当に？　小春ちゃん、あんまりそういうタイプには見えなかったけど」

志穂が眉を寄せる。俺も同感だった。

バイトとして加わってくれた小春ちゃんは、万事そつがなく、しっかりしていて、はきはきと明るいが、目立ちたがりだとか、出しゃばりといった感じはない。

いつも微笑んでいて、意見を述べるときも控えめで、浮ついたところもない、本当に好ましい人物だったのだ。

「それは、『そういうタイプ』に見えないよう、演じていたからですよ」

だがそれを聞くと、小春ちゃんは苦笑しながら首を振った。

「気に入られたい、褒められたい。そう思って、ついどのコミュニティでも、『いい子』を演じちゃうんです。ずっと、そうしてきたから」

彼女はゆっくりと指先を伸ばし、無意識のように、椀の縁を撫でた。

「家に来てもらったとき、だいぶ私、つっけんどんだったでしょう。あれが、素です」

たしかにインターホン越しに聞く彼女の声は、体調が悪かったのだとは言え、素っ気なかった。それまでのにこやかな態度から一転、いきなりメッセージアプリをブロックだってする。

小春ちゃんという人が、わからない。

「もう少し、教えてくれない？」

同じことを思ったらしい志穂が、わずかに身を乗り出した。

「承認欲求です、性格がそうだからです、だけじゃ納得できないよ。だって私、小春ちゃんがずっと気持ちのいい接客をしてきたところ、見てきたもん」

いいや、妹は俺よりさらに率直で、解決に向かって大胆に踏み込もうとしていた。

「たしかに嘘はついたけど、べつに誰かを攻撃するような嘘じゃない。正直に言うと、私は小春ちゃんを許したいんだよ。事情を知りたい。『そんな理由があったんじゃ仕方ないよね』って、自分を納得させたいの」

言い募られて、小春ちゃんはまじまじと志穂を見た。

ついで困ったように笑う。

「でも、何から話していいのか……言い訳ばっかりになっちゃいますし」

「全部話して。言い訳こそを聞きたいの」

対する志穂は揺るぎない。

俺は兄だから知っているが、こいつの、この猫みたいに大きな目で真正面から見据えられて、圧し負けない人間なんていないんだ。

「私たちに、許させてよ」

「…………」

小春ちゃんの目に、薄く涙の膜が張り、彼女は慌てて瞬きをしてそれを散らした。

その一連の動きを、俺は祈るような思いで見ていた。

誰かの思いを聞き出す。じっくりと向き合う。

神様の手も借りず、魂からの指示も受けず、ただ自分たちだけの力で、解決の糸口を見つけ出す。

今回ばかりは、そうしてみせる——。

「……私には、四歳年下の、弟がいるんです」

ぽつん、と小声での告白が始まったとき、俺は大げさでなく、胸を撫で下ろした。

ああ。

大丈夫。彼女は、話そうとしてくれている。

「弟は甘えん坊で、病弱で、しょっちゅう入退院をくり返してて。母はずっと弟にかかりきりで、私は、手の掛からない『いい子』でいるときだけ、褒められました」

強ばる手指を温めるように、そっと味噌汁の椀を両手で包みながら、彼女は話した。

「風邪を引かないのが『いい子』で、引いても静かに一人で寝ていられるのが『いい子』。忙しい両親に、それ以上手間を掛けさせないように、文句を言わないように、泣かないように……」

本当は、もっと自分のことを見てもらいたかった。漢字が上手に書けたこと、逆上がりが一番にできたこと、友人におしゃれだねと褒めてもらえたこと、男の子が手紙をくれたこと。

けれど、それらを話しても母親はおざなりに「へえ」と聞き流すだけ。そんなことより、一人で長時間留守番できたことのほうを喜ばれ、逆に、熱で体がだるいと訴えれば「その程度で泣き言を言わないで」と叱られた。

だから「いい子」でいようと努めた。迷惑を掛けない、文句を言わない。いつも朗らかに微笑み、一人でなんでもこなす。

体調を崩せば、一人でベッドに丸まってやり過ごした。

褒められたかった。

「でも、うちの親、いろいろあって数年前に離婚したんですけど、そのとき」

椀を包んでいた両手に、きゅっと力が籠もる。

「母は、弟だけを引き取ったんです。あなたはもう大学生だし、しっかりしているから、一人暮らしできるでしょう、って。でもこの子は、『お母さんじゃなきゃやだ』って泣くの、だから仕方ないのよ、って言って」

笑みを浮かべかけたようだったが、ふ、と漏れた吐息は、ぎこちない溜め息の形しかなさなかった。

「そのとき……なんていうのか。『あ、馬鹿だったんだ私』って思いました。なんで我慢してたんだろう。馬鹿じゃないの。もっともっと、大げさに言えばよかった、って」

頑なに椀から逸らそうとしない黒い瞳に、じわりと涙の膜が張った。

「私だって、やだった。寂しかったし、泣きたかった。我慢しろって言うから我慢したのに、結局大げさに泣き叫ぶ弟ばかり優遇されて。ふざけるな、って……なにかが、ぷつんと切れた気がして。そのときから、盛り癖、みたいなのが付いたのかなって思います」

ちょうど大学に入って新しい友人ができ、皆がそれまでの比ではなくＳＮＳに没頭しはじめた頃だった。小春ちゃんは、好かれる言動、好かれる容姿、好かれる投稿を研究し、自分のほうをそちらに合わせていった。

色鮮やかで、キラキラとした、「映える」世界。大げさな表現が愛される。カラフルであればあるほど価値がある。徐々に発言や投稿には、嘘が混ざりはじめたが、そんなことに構ってはいられなかった。

だって、冴えない真実になんか、誰も注目はしてくれない。

選ばれなかったから、選ばれなかったから、と、彼女は掠れた声で付け足した。

「私は、選ばれなかったから。今度は、選ばれたかったんです」

承認欲求、の一言で済ませるには、あまりに悲しい告白だった。

「じゃあなんで、うちのバイトなんて始めたの？　定食屋なんかより、カフェのほうが、よっぽど『映える』じゃない」

「それは」

「俺も思った。小春ちゃんのアカウント、けっこう遡ってみたんだけど、そりゃたしかに、いかにもキラキラした投稿はあったけど、ここ最近までずっと、むしろ実直な感じだったじゃないか」

追及されて言葉を詰まらせた小春ちゃんに、俺もまた身を乗り出す。

実は昨日、小春ちゃんがくだんの投稿を取り下げたと気付いたとき、俺は彼女のアカウントを数年分遡っていたのである。少しでも、人となりが理解できないかと考えたためだ。

彼女がアカウントを開設したのは、二年ほど前——おそらく、大学入学の直後。

そこからしばらくは、やれ話題のホテルブッフェに行っただの、予約待ちが続く店でネイルをしただの、ナイトプールで泳いだだの、写真映えのする、非日常感溢れる投稿が続いていた。

だが、半年ほどもすると、それらの投稿は徐々に減り、代わりに、この文房具が便利だとか、この味噌が気に入っているとか、チェーンの喫茶店のスイーツが意外に美味しかったとか、脚色を差し挟む余地もない日常が披露されるようになったのだ。

それらも次第に頻度が落ち、「勝負メシ」の画像を上げるまでは、投稿に数ヶ月の間が空くこともざらだった。

非日常的なイベントがあったとすれば、せいぜい「潮干狩りに行った」と、バケツいっぱいのあさりの画像を上げていたときくらい。

泥をまとわせた薄灰色の貝が、女子大生にふさわしいフォトジェニックな一枚かというと、疑問の余地があるだろう。

つまり、チキン南蛮や、それに続く神社の投稿のあの主張の強さは、彼女のアカウントを通して見ると、違和感があったのだ。

「バイトのときの小春ちゃんと、嘘をばら撒いた小春ちゃんが、どうしても繋がらないんだ。演技してたからっていうけど……本当は、あの『勝負メシ』の前後で、なにかあったんじゃないのか？」

椀を包んでいた小春ちゃんの両手に、ぐっと一瞬、力が籠もった。

ごまかすように「冷めちゃいますね」と呟き、彼女は一口だけ、味噌汁を啜った。

こくん。

喉が小さく動いたその瞬間、小春ちゃんの目に、砂浜から海水が染み出すように、音もなく涙が滲む。

「……やだ」

涙ぐんでしまったことに、自らが一番困惑したとでもいうように、小春ちゃんは慌てて椀を置いた。

両手で口と鼻を覆い、俯く。やがて彼女は、小さく笑ったようだった。

「……一昨日うちに来てくれたとき、一階の部屋が空いていたの、見ましたか？」

「え？」

思いがけない質問に、志穂と顔を見合わせる。

記憶を探り、そういえば道路から一番近い一階の部屋が、カーテンも外されたままで、アパート全体が寂しく見えたことを思い出した。

「ああ、たしかに、カーテンが外されたままの部屋があった気がする」

手を下ろし、顔を上げる。

「私、そこの住人と仲がよかったんです。弘前(ひろさき)さん、っていうんですけど」

小春ちゃんは、ぽつりぽつりと言葉を掻き集めるようにして、話してくれた。

「ちょうど八十歳って言ってたかな。一人暮らしのおじいさんで。私が大学一年生だった頃の夏休み、体調を崩してしまって、三階まで階段を上ることもできずにしゃがみ込んでいたら、声を掛けてくれました」

それまで、アパートの住人同士で交流はなかった。引っ越してきたときに、隣室にだけは挨拶をしたが、二つ床を隔てた一階に、どんな人間が住んでいるかなんて、考えもしなかったという。都内は物騒だとばかり聞かされていたから、進んで交流を図ろうとも思わなかった。それはおそらく、相手も同じだったろうと小春ちゃんは言う。

「弘前さんって、すごく頑固そうな顔をしたおじいさんなんですよね。それ以前にも、ゴミ捨てのとき数回見かけたことがあったけど、いつも仏頂面で。なんか怖そうだな、って思ってました。それが、しゃがむ私の前で立ち止まって、声を掛けてくれて」

おい、どうした。

そんなつっけんどんな声だったから、小春ちゃんは最初、「邪魔だ」と注意されたのかと思った。

慌てて立ち上がり、場所を譲ろうとしたら、しかし、立ちくらみを起こして倒れてしまう。弘前さんは泡を食い、ひとまずということで一階の自室に小春ちゃんを運び込み、休ませてくれた。

それを機に、二人の交流は始まったのだ。

「この弘前さんっていうのが、絵に描いたような横柄なおじいさんで。私がお礼を言っても、話しかけても、『ふん』とか『はあ』とか返すばかりなんですよ。最初だって、部屋に寝かせたはいいものの、どうしていいかわからずに、ずっと腕組みして横に座ってて」

怒られているのかと思った。横でずっと不機嫌でいられても、気分が悪い。

ちょうどそのとき、体調が伴わなかったこともあり、小春ちゃんもまた、棘を隠さずに彼に応じた。

思えば、目上の相手に「いい子」を装わなかったのは、それが初めてのことだった。

「でも……一応と思って、お礼に焼き菓子を渡したら、それをずっと窓辺に飾ってるんですよ。受け取るときは、『ふん、洋菓子は好かん』とか言ってたくせに。百均で賞状立てみたいなのを買って、わざわざそれを使って、窓辺に箱ごと立てていたんです」

レースカーテン越しにそれが見えたときは驚いちゃって、と小春ちゃんは、溜め息のような笑みを漏らした。

「後日ポスト前ですれ違ったときに、ちょっと意地悪な気持ちで、『お菓子は気に入りましたか？』って聞いたら、『ふん』ってそっぽを向くんです。そのときにはもう、弘前さんがどんな人か、段々わかってきていました」

小春ちゃんが話しかけやすいように、ポストを覗く時間を揃えていたこと。誰かが階段を下りてくる音がするたびに、そわそわと扉の外に出て、小春ちゃんではないとわかると、軽く背伸びなんかしてごまかしていること。声をかけると、いそいそと振り向くこと。

立ち話を切り上げると残念そうに肩を落とすこと。でも小春ちゃんが「疲れた」などと呟けば、途端に心配そうな視線を寄越すこと。

「構ってほしくて仕方ないんです。関心がほしい——私の」

聞けば、弘前さんには、ちょうど小春ちゃんと同じくらいの孫がいるそうだ。だが、息子夫婦との折り合いが悪かったため、妻に先立たれた後も同居することはなく、こうして一人で暮らしていたらしい。

弘前さんは無愛想だ。かと思えば、『俺が若い頃には、名うての和菓子職人で』などと突然大口を叩いたりする。

息子夫婦に店を継がせてから、商品はてんでだめだとか、あんなものをおやつに食わされる孫は可哀想だとか、孫は俺が面倒を見たから舌が肥えているのだとか、なにかにつけ悪態をついてみせたが、小春ちゃんにはわかってしまった。

彼は寂しいのだと。本当は、孫との交流に飢え、構ってほしくて堪らないのだと。

「優越感、って言うんでしょうね。私が好意をねだるんじゃなくて、ねだられる側だっていうのが、嬉しかった。私から弘前さんの好意を求めなくていいから、素の自分でいられました。どうせ初日から、ふてぶてしい態度も取ってしまっていたし」

小春ちゃんは露悪的に笑い、無意味に箸を弄んだ。

「それで、年はだいぶ離れてるけど、悪友みたいな……お互い愚痴を吐きまくって、お互いに『馬鹿もん』とか『うわ、それはないなー』とか罵って、それでもなんか満足、みたいな、不思議な関係を続けていました」

弘前さんは、和菓子は作れるというくせに料理はからきしで、ご飯を炊くことと、味噌汁を作ることくらいしかしない。

ある日、自作のおかずをお裾分けしたら、相変わらず『ふん、こんなもん』と鼻を鳴らされたが、翌日にはきれいに洗ったタッパーを返され、作り方まで尋ねられた。心臓のあたりを羽で軽く撫でられたような心地を覚えた。

いつしか、互いの作ったおかずを、味噌汁を持ち込んで、共に食卓を囲む機会が増えていった。

「このピアス、弘前さんがくれたんです。孫にイヤリングのつもりで買ったらピアスだったとか、下手な言い訳をしながら。写真を見る限り、お孫さん、男の子なんですけどね」

細い指が、愛らしい小花をあしらったピアスを撫でる。

春らしいデザインは、彼女の名前を思わせた。

大学生活で嫌なことがあったとき。親と電話でぎこちない会話を済ませた後。心が軋むたび、弘前さんと食事をするのが習慣になった。ひねくれ者同士で、悪態と皮肉を遠慮なく披露し合っていると、身の内で渦巻いていた毒が外に流れて、ほっとした。

八十の、それも偏屈な男性と一緒にいても、「映える」瞬間なんてそうは訪れない。気付けば、あれだけ女子大生らしさを心がけていたＳＮＳのアカウントは、地味なご飯や、平凡な風景を切り取った画像に占拠されてしまった。

当然、閲覧数だって伸びない。でももう、気にならなくなっていた。

一度思いつきで、二人で電車に乗って、近くの砂浜に潮干狩りに行った。

あさりが採れすぎてしまい、隣に住むおばあさんに一部を押し付けると、初めて弘前さんと会話したという彼女は目を丸くして、「お孫さんですか？」と尋ねた。

１０１の部屋に戻った後、二人して「どこが似てるって言うんだ」「目が悪いのかも」と肩を竦め合ったが、互いの表情に宿る照れ臭さは、隠せたものではなかった。おかげで、そわそわしながら作ったあさりの味噌汁は、砂も吐けておらず、ひどい味わいだった。

弘前さんも小春ちゃんも、一口飲んでうっとなり、だが互いを非難することは不思議とせず、代わりにひたすら「なんだこのあさりは」「貝のくせに砂を吐くのが下手すぎる」とあさりのほうをこき下ろした。やがてちらりと視線を交わし、翌年のリベンジを誓った。

毎日が、満ち足りていた。

「でも」

目を細めて語っていた小春ちゃんは、そこでふと声を暗いものにした。

「楽しいと思っていたのは、私だけだったみたいです」

「え？」

「どういうこと？」

風向きの変わった話に、俺も志穂も首を傾げる。

小春ちゃんは、花のピアスを摘まみ上げ、バッグにしまい直した。

「ちょうど『てしをや』でバイトを始めてすぐ、一週間くらい、顔を合わせられない時期があったんです。なにしろ近所すぎて、私たち、電話番号すら交換してなくて、その期間は一切、連絡を取っていませんでした」

新しく加わったバイトという名の音符に、生活のリズムが掻き乱され、帰宅時間がいつもと変わった。すると必然、「玄関先で偶然すれ違う」ことを会話のきっかけにしたがる弘前さんとは、会いづらくなる。

顔を見ぬまま一日を終え、数日を過ごし、「一日のスケジュールがちょっと変わるだけで、こんなにもすれ違うのか」といっそ感心しながら一週間後を迎え——そこで小春ちゃんは気付いたのだ。

夜、弘前さんの家に、明かりが灯っていないことに。

「気付いた翌日の昼には、カーテンも外されてました。弘前さん……アパートを退去していたんです。私の知らない間に」

いったい何事かと驚いた。

大学の講義に向かう前、すっかり丸見えとなった101の窓の前で呆然と立ち尽くす。ちょうどそのとき、まさにその部屋の中から人が出てくるのを見つけて、小春ちゃんは勇気を振り絞って声を掛けた。

振り向いたのは、弘前さんとよく似た面差しの男性――弘前さんが言うところの、「店を継がせたが、てんでだめ」な息子だった。

嫌な予感がした。

弘前さんは高齢だ。

不仲だという息子が突然現れて、部屋を整理するとしたら、それは。

「病気。転落。交通事故。一瞬でいろいろ考えちゃったんですけど……でもその人、にこやかに挨拶をしてきたんです。『近所の方ですか？　父がお世話になりました。高齢ですし、一人暮らしは難しいだろうということで、呼び寄せることになりまして。アパートを引き払いにきたんです』って」

告げられた言葉の意味が、即座には呑み込めなかった。

「うちの商品なので、よければ」などという言葉とともに、ずしりと重い、羊羹の入った菓子折を渡され、お義理程度の世間話に興じる。反射的に言葉の表面を拾って応じながらも、衝撃と疑問とがひしめいて、頭はろくに回らなかった。

男性は、隣の部屋にも手際よく挨拶を済ませ、なんの思い入れもなさそうに101の鍵を閉め、アパートを去って行く。その後ろ姿が小さくなってもまだ、小春ちゃんは立ち尽くしたままだった。

「母が離婚を告げた瞬間に、戻ったみたいでした。『あ、馬鹿だったんだ私』っていう声が、また聞こえた気がして」

いるじゃない、と思った。

不仲だなんて嘘ばかり。高齢だから一緒に暮らそうと、呼び寄せてくれる家族がいる。代わりに退去の手配までしてくれて、近隣への挨拶までしてくれる、気の利いた家族が。

弘前さん本人は、挨拶さえ寄越さなかった。それはたしかに、SNSで繋がってもいないし、電話番号も知らない。

でも、せめて一声掛けてくれればよかったのに。帰宅時間がずっと遅くて、会えなかったというなら、せめてポストにメモでも入れてくれれば。

「息子だっていうおじさん、にこにこしながら……『孫と会いやすくなるって、父も喜んでまして』って、言ったんです」

小春ちゃんの目に、じわりと涙の膜が張り、三度目に溜まった滴は、とうとう堰を切ってしまったように、ぽろりと頬を駆け下りた。

「私は……また、選ばれなかった」

唇は震え、小刻みな吐息を漏らしていた。

「取り返したくて。見て、私をもっと見てよって、思ったんです」

出来心で、バイト先のチキン南蛮を、芸能人の「勝負メシ」と偽った。こんな簡単に人々が騙されるはずがない、だからこれは運試し。そう自分に言い訳しながら。

だが――人々は簡単に熱狂した。みるみる拡散されていく自分の投稿を見て、雲に切れ目が入り、日差しが注ぎだしたときのような興奮を覚えた。

そうか。こうすればよかったのだ。大げさに、それらしく、派手に、キャッチーに、後先のことなんか考えない。考えてはいけない。

夢中で返信した。他のSNSまで駆使してせっせと情報を広めた。

ふわふわと、まさに浮ついた心地で過ごした十日間。投稿は多くのまとめサイトに掲載され、ネットニュースにもなった。

映り込む小花のピアスのアイコン。息子たちと暮らしはじめたという弘前さんも、いつか孫のスマホを通じて、このアイコンを目にするだろうか。

「『勝負メシ』の熱狂が落ち着いてきたから、次のネタを。そうだ、『勝負メシ』が信じられる根拠になった、神社があるじゃない。そう思いつくまで、時間は掛かりませんでした」

勝算はあった。前回注目された「勝負メシ」と緩やかに話題を繋げながら、新たな切口を用意する。画像の美しさとわかりやすさが拡散のポイントだと学んだから、加工や編集にはこだわった。架空の虹と神社を組み合わせるのに、抵抗は覚えなかった。

「でも境内を出たところで、哲史さんと目が合ってしまって。投稿はしたものの、その後急に不安になって、冷や汗が止まらなくなって、体調も崩して……ふふ、天罰ですかね」

自嘲の笑みを浮かべようとしたようだったが、涙は止まらず、唇は歪むだけに終わった。

小春ちゃんは両手で顔を覆いながら、「すみませんでした」と深く俯いた。

「長くなっちゃったけど……これが、理由です。『てしをや』や神社をどうこうしたかったわけじゃない。ただ、私……」

見てほしかったんです、と、彼女は引きずるような嗚咽とともに呟いた。

静かな店内に、啜り泣く声が響く。

背中を丸める小春ちゃんを前に、俺は唇を噛み締めた。

どうすればいいのだろう、と思う。

こんなとき、俺たちはどうやって物事を解決していたのだっけ。

スマホを手にする以前、どうやって人と連絡を取っていたかを思い出せないのと同じように、手掛かりとなる過去の行動は曖昧で、いかにも頼りなく思えた。

小春ちゃんのことを、すでに俺は許している。きっと志穂も同様だ。

だが、どうやってこの話に落とし前を付けていいのかわからない。

謝罪は聞いた。投稿もすでに下げてもらった。あとは、訂正の投稿でもしてもらえばいいのか。だがそんなことより、目の前で泣き崩れる小春ちゃんを、どうにかしたかった。

もしこれが神様の導きによる案件だったなら、と、しょうもないことを考える。

きっと俺の中には弘前さんか、あるいは小春ちゃんの母親がいたはずなんだ。

神様が選んだ彼らは、きっとそう悪い人たちでもなくて、心の奥では優しい思いも秘めていて、それを俺が伝言し、小春ちゃんの心を解きほぐす。

でも、今回ばかりは、そんな事態は起こらない。

だって、皆、生きているのだから。

悪人かもしれない。秘めた思いもないかもしれない。美しいゴールなんて定められていないのかもしれない。彼らの思いが、勝手に伝わってくるなんて奇跡は起こらない。

自らの手で、たぐり寄せない限りは。

「――弘前さん本人の、話を聞きたくないか？」

一度だけ膝の上で拳を握り、俺はテーブルに向かって身を乗り出した。

「え？」

「実際のところ、小春ちゃんのことをどう思っていたのか。聞いたほうがいいと思う」

驚いて顔を上げる小春ちゃんに、俺はしっかりと目を合わせた。

「話はわかった。小春ちゃん、それって要は、八つ当たりってことだと思う。お母さんや弘前さんに振り向いてもらえなかった復讐に、『てしをや』や神社を巻き込んだんだよな」

復讐、なんて強い言葉を使ってしまったが、枝葉を取り払ったこの話の幹は、そういうことだと思うのだ。

「嘘をばら撒かれたのは嫌だったし、店も影響を受けはしたけど、でもべつに、その責任のすべてが小春ちゃんにあるわけじゃないよ。俺も浮かれてたし、実際に店を振り回したのはお客さんだ。謝罪も聞いたし、俺はもう小春ちゃんを責めない。ただ……心配してる」

「心配、ですか？」

「うん。この先も、気が塞ぐたび、同じ方法で、なにかに八つ当たりするんじゃないかって。だからさ、八つ当たりを詫びるのも大事なんだけど、八つ当たりしたくなった原因に、ちゃんと向き合ったほうがいいんじゃないかと思うんだ」

そう。話を聞いていて思った。小春ちゃんは、弘前さんたちの行動に傷付いたけれど、悲しみを周囲にぶつけるばかりで、肝心の本人には思いを伝えていないのだ。

ひどいじゃないか、どうしてそんなことをするんだと、本人に恨み言の一つもぶつけに行けばいい。俺ならそうする。

「向き合うなんて……。それは、そうですが、でも、どうやって」

小春ちゃんは、涙で濡れた目元を、途方に暮れたように歪めた。

「だってもう、弘前さんは、どこかもわからない場所に、引っ越してしまったのに」

——でも、天国に話しかけに行くのに比べたら、全然簡単じゃない。

夏美の声が蘇る。

「それでも」

俺はテーブル席の相手に向かって、大きく身を乗り出した。

濡れた睫毛が見える。揺れる息遣いが聞こえる。さまよう視線、握られた手、そのすべてから、言葉に置き換えきれない彼女の思いが伝わってくる。

会うって——直に話すって、こういうことなんだ。

そして生きている俺たちにはまだ、それができるんだ。

「きっと方法はあるはずだ。会って、話そう。俺たちも協力するから。きちんと、思いにけりをつけよう」

「そうだ、アパートの管理人に聞くっていうのは?」

黙って話を聞いていた志穂が、ふと声を上げる。

「退去の手続きをしたんなら、管理人なら引っ越し先の住所も知ってるんじゃないかな。

「そこから、弘前さんに連絡を取るっていうのは？」

なるほど、その手があったか。

なら早速この足でアパートに、などと盛り上がる俺たちとは裏腹に、小春ちゃんはこの展開に腰が引けているようだった。

「そこまでしていただくわけには……。それに、管理人だって、連絡先を教えてくれるかどうか」

俺たちへの遠慮や罪悪感が、おそらく半分。

だがもう半分はきっと、恐怖だろう。それはそうだ。自分を傷付けた相手に連絡を取りに行くなんて、誰だって気が進まない。見知らぬ相手に向かって、悲しみを盾に嘘をばら撒くほうが、よほど簡単だ。

だが、いいや、だからこそ、自分の口で伝えに行くことを、してほしい。

誰かに向かって言葉を放つ——その本来の重みを、噛み締めるために。

俺がそう伝えると、聡明（そうめい）な小春ちゃんは即座に意図を理解し、ぽつんと呟いた。

「それがこの件への、お詫びということですね」

なにを思ったか、椀をぐいと掴み、一気に中の味噌汁を飲み干す。

そっとテーブルに椀を戻すと、頬に残っていた涙を手の甲で拭い、彼女は言った。

「わかりました。よろしくお願いします」

＊＊＊

目論見（もくろみ）通りに行ったなら、「てしをや」からアパートに引き返したその足で管理人が捕まり、住人の連絡先を知りたいという要望はすんなり通り、昼前には、弘前さんと会話するめどが付いているはずだったのだ。

だが、実際のところ、そろそろ夕陽が沈もうとしている今――。

「あー……世知辛（せちがら）い」

「いや、このご時世、そりゃそうだよね。予期できた事態だけど」

「すみません、こんな長時間」

俺と志穂、そして小春ちゃんの三人は、アパートの入り口で顔を見合わせ、大きな溜め息を吐いていた。

そう。個人情報保護の観点から、管理人にあっさり、依頼を断られてしまったのである。

「えっ？　連絡先？　あー、だめだめ、ごめんね、そういうのは教えられないよ」

電話口で応答を受けること、わずか五秒。プツッと通話が切れる音とともに、俺たちの望みは潰（つい）えてしまった。

これがアパートに引き返してすぐの話だったら、まだ受け入れやすかったのだが、そもそも管理人と連絡を取るまでに、実は相当な時間を費やしたのだ。

アパート中を探し回り、不在だと判明し、どうやら家主から委託されて管理しているだけのようだと理解し、管理会社を探し当て、そこにメッセージを残し、折り返しをもらうまでに、気付けば半日が掛かっていた。

挙げ句に、この取り付く島もない返答である。

ポストに弘前さん宛の郵便物は残っていないか、と覗いてみたり、市役所に問い合わせてみたりもしたのだが、結果は芳しくなかった。

「くそー。簡単にはいかないもんだなあ」

昼飯もそこそこに、長時間歩き回っていたものだから、足が張っている。

もしこれが神様案件だったら、弘前さんのほうから店に来てくれるだろうにな――うっかりそんなことを考えかけ、慌てて首を振った。

まったく、神様に頼りすぎである。この件は自力で解決すると、決めたのに。

疲れの溜まった足首をぐるぐる回していると、それを見た小春ちゃんが申し訳なさそうに頭を下げた

「長時間、すみません。ちょっと部屋に上がって、休みませんか。……それで、今日はおしまいにしませんか」

今日は、とは言うが、今日探索を終えてしまえば、きっと弘前さんと会話する機会は永

遠に訪れないだろう。

　小春ちゃんもそれを承知した様子で、ほのかな笑みを浮かべてみせた。

「恨み言をぶつけるために人探しなんてするな、っていうことなのかもしれません。それに、誰かと『繋がる』っていうのが、本来はこんなに大変なんだってこと……身に染みました。もう、ＳＮＳで安易に嘘をばら撒いたりはしません。母とも、話してみます」

　声は誠実で、探し回らされてうんざりしたとか、見つからなくて落胆したとかの、負の色合いは含まれていなかった。彼女は、自分の事情に俺たちを巻き込み、長時間付き合わせたことを、始終詫びていた。

　もし、小春ちゃんの改心を目的に置くならば、これで一件落着、としていいはずだ。

　だが——志穂も俺も、一緒になって奔走(ほんそう)しているうちに、なんとか弘前さんと小春ちゃんを、会話させてあげたくなってしまった。だってつらいのだ。こんなに対話を求めているのに、声が届かないという状況が。これこそが、長年小春ちゃんが味わってきた苦しみでもあるのだろうと思えば、なおさら。

「うーん、でも、せめてあともうひと踏ん張り——」

「あのう、すみません。ちょっとそこを……」

　背後から、しわがれた声を掛けられたのは、そのときだった。

　見れば、アパートの門近くに佇んでいるのは、手押し車に体を預けた老年の女性である。

道を塞いでいたことに今さら気づき、慌てて場所を移ろうとしたのだったが、おばあさんは俺たち——というより、小春ちゃんに目を留めると、「あら」と口元を綻ばせた。

「ご無沙汰しています。弘前さんと仲のよかった、三階の方よね？」

「え……」

小春ちゃんは困惑気味に呟く。彼女以上に戸惑った俺たちが、「どちら様で？」と尋ねる視線を送ると、「102の……えっと、富岡さんです」と小春ちゃんから説明があった。

名前を告げる前にちょっと間があったのは、記憶に自信がなかったからだろう。そういえば、潮干狩りに行った際に、弘前さんの隣人にお裾分けをしたと言っていたっけ。そのとき初めて会話した、とも言っていたから、その程度の付き合いだったということだ。

だが、富岡さんのほうはしっかりとお裾分けを覚えていたようで、

「あのときのあさりねぇ、本当に美味しかったわ。身がしっかり引き締まってて。今年もそろそろかな、なんて期待したりもしたんだけど、うふふ」

などと、昨日のことのように話した。

だがすぐに、残念そうに、薄くなった眉を寄せる。

「でも、今年はもう行けないわねえ。弘前さんがまさか突然、こんなことになるなんて」

突然、こんなことになる。

息子夫婦と同居を始めたことを指すにしては、やけに否定的な言い回しだ。

「私もいい年でしょう？　気を付けなきゃ、とは思っているんだけど、本当に、ちょっと油断した瞬間の出来事なのよね、ああいうのって」

「あの……」

　小春ちゃんも俺たちも、ごくりと喉を鳴らした。

「どういうことですか？　弘前さんに、なにが？」

「えっ？」

　代表して小春ちゃんが尋ねると、富岡さんは目を瞬かせた。

　それから、衝撃の一言を放った。

「あらやだ、聞いていなかった？　弘前さん、お散歩の途中で転んで、骨折しちゃったのよ。車椅子で一人暮らしはできないからって、息子さんがアパートを引き払ったの」

　頭も軽く打ったらしいわよ。年を取ってから骨折すると、簡単に寝たきりになっちゃうから、やあねえ。挨拶に本人が来なかったってことは、そういうことなんでしょうね。

　富岡さんは、情報収集が得意なご婦人の本領発揮といった具合で、滑らかに話した。

　どうやら、弘前さんの息子が挨拶に来たとき、隣人のよしみで根掘り葉掘り尋ねたらしい。弘前さんは、散歩中に転倒し、大腿骨（だいたいこつ）を骨折。同時に頭も打って軽い脳出血を起こし、入院となったらしい。

　不仲だという息子夫婦が、弘前さんを呼び寄せたのには、そんな事情があったのだ。

「でもねえ、ここだけの話。あの息子さん、弘前さんのことを家で介護しようなんて、たぶん思っていないわよ」

とそこで、富岡さんは重大な秘密を打ち明けるように、声を潜めた。

「挨拶の品をくれたときもね、『父を呼び寄せる』とは言うけど、『一緒に暮らす』とは絶対に言わなかったもの。だいたい、『呼び寄せる』って、ちょっと上からよね？　それに、『これで孫や僕たちにも会いやすくなる』って言っていたけど、一緒に暮らすなら『会いやすくなる』とは言わないものねえ？」

名探偵さながらの推理を披露し、彼女は重々しく、こう締めくくった。

「息子さん、弘前さんが退院したら、施設に入れるつもりだと思うわ」

と。

「そんな……」

小春ちゃんは呆然とその場に立ち尽くした。俺もだ。

まさか、弘前さんが一切連絡を寄越さなかったことに、そんな背景があったなんて。

彼は小春ちゃんを捨てて家族の元に戻ったのではない。純粋に、連絡できなかったのだ。

連絡先を交換していなかったから——あるいは、メッセージを送れる状態にないから。

立ち尽くす俺たちをよそに、富岡さんはまだ話し続けている。

「それでね、私も怖くなっちゃって、神社にお参りしに行ったのよ。知ってる？　近所の、昔はお寺だったところ。小さな神社なんだけど、実は霊験あらたからしくて、最近、若い子たちに『バズって』るんですって」

どうやら、若い聞き手に恵まれたのが嬉しいらしい。

バズる、という単語をどこか誇らしげに告げ、彼女はふと、手押し車の中を探った。

「それでね、お賽銭だけじゃ心許ないから、お供え物もしようと思って、頂き物の羊羹を持って行ったのよ。横流しで申し訳ないけど、ほら、菓子折だし見栄えがいいかなって。でも、混んでたし、階段が思いのほか多くてねえ。結局諦めて帰って来ちゃった」

中から取りだしたのは、薄緑の和紙に包まれた、小ぶりな箱だ。

それを見た途端、小春ちゃんが静かに息を呑んだ。

「まあ、要らないものを押し付けるな、っていう、神様の思し召しなのかも――」

「これ」

今にも箱に掴み掛からんばかりに、身を乗り出す。

「弘前さんの息子さんがくれた、お菓子ですよね。弘前さんが営んでいた和菓子店の」

「え？　ええ」

驚いて顎を引いた富岡さんに、「すみません」と断り、小春ちゃんは一息に申し出た。

「このお菓子、私に頂けませんか？　私ももらったんですけど、すぐに処分してしまっていて。中身はいいんです。外の包みだけ、今、開けさせてもらえませんか？」

もどかしそうな問いに、志穂がすぐ意図を悟った。

「そっか！　お店の住所！」

ようやく俺も気付く。

店で作られた商品なら、賞味期限や製造所を記したラベルが貼られているはずだ。

店名や住所がわかれば、それを足がかりに、きっと弘前さんの元にたどり着ける。

「え？　ええ。私、糖尿持ちで、甘いものは食べられないから……よければどうぞ」

富岡さんは目を白黒させながらも、快く菓子を譲ってくれた。

これもきっと、かつて小春ちゃんたちが、あさりをお裾分けしたからこそ紡がれた縁だ。

「ありがとうございます」

受け取るが早いか、小春ちゃんは焦った手つきで包装紙を剥がす。

ひと隅にだけ金箔があしらわれた上品な箱。その裏側、黒い紙で裏張りされた底面と、そこに貼られた、明朝体の字が整然と並ぶラベル。

名称、原材料名、内容量、賞味期限、保存方法。

製造所名、「菓匠（かしょう）ひろさき」。

そして店のロゴらしい筆文字の、一つ下の欄に――住所と電話番号が載っていた。

＊＊＊

ゴールデンウィーク最終日——休業日の「てしをや」。

「いらっしゃいませ」

ガラリと引き戸を開けに行った小春ちゃんの声は、緊張で少し強ばっていた。

「そこ、少し段差があるのでお気を付けください」

声を掛けながら、車椅子が通りやすいように扉をぎりぎりまで開けて押さえる。

背後から車椅子を押してもらい、ぎし、ぎしと車輪を軋ませながら店にやって来たのは、小柄で白髪頭の老年男性だ。

座ったまま、灰色がかった虚ろな瞳でぼんやりと周囲を見回す彼を見て、小春ちゃんが静かに息を呑む。おそらく、彼女の記憶の中にある姿より、だいぶ弱って見えたのだろう。

だが小春ちゃんは一度だけ唇を噛み締めると、次には微笑んで車椅子の前に屈み、車椅子に掛ける人物と視線を合わせた。

「ようこそ。……待ってたよ、弘前さん」

そう。彼こそが、小春ちゃんの「友人」、弘前拓也さんだった。

ただし、親しげに話しかけられても、弘前さんは不思議そうに彼女を見返すだけだ。

「すみません。頭を打ってから、まだちょっと、意識がはっきりしていなくって。時々、しゃきっとするときもあるんですけど、ムラがあるというか」

車椅子を押していた大学生くらいの青年――悠馬くんと言う――が、気まずそうに申し出る。だが小春ちゃんは、笑って首を振った。

「いいえ、聞いていましたから。むしろ、退院したばかりだというのに、こちらのわがままで、お店まで来てもらってすみません」

そう。あの後俺たちは、ラベルに書かれた電話番号を手掛かりに、弘前さんが営んでいた和菓子店に連絡を取ったのだ。

電話を取ったのは、息子さんではなくその子ども、つまり孫の悠馬くんで、弘前さんと話したいと告げると、彼は快く仲介役をしてくれた。

「いえいえ、いいんです。じいちゃんも、ずっと施設にいたんじゃつまらないだろうし、かといって好きそうな外出先も、親しそうな友人も知らないし、って、こちらも悩んでいたところだったので」

なんでも悠馬くんは、弘前さんによく懐いていたらしく、祖父が、意識もぼんやりしている間に進退を決められてしまったことに、胸を痛めていたらしい。人がよさそうな、控えめな笑みを浮かべて応じた。

「去年約束した通り、あさりの味噌汁を振る舞いたい――。じいちゃんに、そんなことを言ってくれる友だちがいたなんて、本当に嬉しいです」

弘前さんに、外出をさせてもらえないか。そう頼んだのは小春ちゃんだった。

悠馬くんのおかげで、なんとか隣県の施設にいる弘前さんに電話を繋ぐところまではできたものの、やはり電話越しだと、こちらをしっかりと認識してもらえなかったからだ。

「顔を見て、ちゃんと話したいんです。一緒にご飯を食べて……今後会いにくくなるんだとしても、ううん、だとしたらなおさら、しっかり話して、お別れしたい」

今日の段取りを付ける際、小春ちゃんはそう言っていた。

突然離婚を切り出した母親に、突然アパートを去った弘前さん。

小春ちゃんにとって、別れとはいつも、一方的にやって来るものだった。

だが今、彼女は、話したいという。それは、とてつもなく大きな変化に違いない。

一緒に食事をしたいが、弘前さんの部屋は引き払ってしまったたし、三階にある小春ちゃんの家まで車椅子を上げることは難しい。

それでもできれば、二人でちゃぶ台を囲んだ、あの思い出の時間を味わってほしい。

諸々を考え合わせ、最終的に、俺と志穂は「てしをや」を使っては、と申し出た。

振る舞うのは、去年リベンジを誓ったというあさりの味噌汁。作り手は小春ちゃん。

休業日の「てしをや」を数時間だけ開けて、弘前さんをもてなそう——。

そう提案すると、彼女は一瞬目を潤ませ、それから深々と頭を下げた。

「はい、どうぞ、ここに座ってね。これ、おしぼり」

小春ちゃんは弘前さんを、車椅子ごとテーブル席に案内し、予め椅子を一脚下げておいたスペースに座らせる。

隣に掛けた悠馬くんのぶんもあわせ、おしぼりとお茶を配ると、早速、あさりの味噌汁を並べた。

なお俺と志穂は、味噌汁以外のメニューを用意すべく、厨房で待機している。

「じゃーん。ほかのメニューもあるけど、まず一番に、あさりの味噌汁です」

悠馬くんは軽く頭を下げつつも、定食メニューを熱心に眺めている。

弘前さんは、目の前に置かれた黒塗りの椀を、じっと見下ろしていた。

「弘前さん、わかるかな。私、小春だよ」

配膳を終えた小春ちゃんは、向かいの椅子を引いて腰掛けた。

「去年、潮干狩りに行ったでしょ？　今年は行き逃しちゃった。でも、あさりをお裾分けしてもらったの。だから、お味噌汁を作ったよ。リベンジしようって、言ったもんね」

磨りガラスのように、光沢を失った瞳が、たなびく湯気をぼんやりと見守っている。

小春ちゃんは、まるで湯気を掻き分けて視線を届けるかのように、身を乗り出した。

「砂吐きの仕方を教えてもらったの。というか、してもらっちゃったんだけどね。でも、やり方は覚えたよ。塩分の濃度と、あと、貝が呼吸できるように、浅めの水に浸けるのがポイントだったみたい」

ゆっくり、聞き取りやすい速さで話す小春ちゃんだが、弘前さんにこれといった反応は見られなかった。

いたたまれなくなったのか、隣に掛けた悠馬くんが箸を取り、味噌汁を口に含む。

「あ、美味しい」とお世辞ではない様子で呟くと、その動きにつられたように、弘前さんが、のろのろと箸に手を伸ばした。

もごもごと唇を動かし――「いただきます」と言ったのかもしれない――、椀を持つ。

しっとりと鼻を湿らせるような湯気を、静かに吸い込み、それから一口、汁を啜った。

「――……」

弘前さんは、なにも言わない。

ただ、ぱちぱちと数度、瞬きをした。

「どうかな。今年はしっかり、砂も吐けているでしょう？　煮すぎてないから、貝の身もふっくらしてると思う」

小春ちゃんが、沈黙を恐れるかのように、次々と言葉を足していく。

「日本酒をちょっと加えると、旨みが逃げないんだって。砂吐きのときには、片栗粉を一緒に入れておくと、貝が片栗粉を食べて太って、一層美味しくなるそうだよ。すごいよね、砂吐きのときまで、貝って生きてるんだって、実感しちゃう――」

空気を持て余すように、小春ちゃんが髪を耳に掛けた、その瞬間のことだ。

「ふん。煮られる直前まで太らされるなんて、哀れなこったな」

それまでの沈黙から一転、ぴしりと芯の通った声が、店に響いた。

「え……？」

「じいちゃん？」

弘前さんが、しっかりと焦点のあった目で、小春ちゃんの耳に輝く小花のピアスを見つめていた。

「俺の田舎じゃ、貝汁ってのは、貝をその場で殺生するんだからな、嫁入り前の娘は作っちゃいけねえことになってたんだ。それをおまえ、そんな得意げに、貝を太らせてから殺すだなんて。まったく怖い娘だよ」

はきはきとした言葉は、小春ちゃんの努力を真正面からこき下ろすものだ。

だが、弘前さんは、顔を隠すように椀を持ち、ずずっと一息に汁を吸うと、

「だから味噌汁は、俺が作るって、言ってたのによ。小春」

と、照れ隠しのように呟いた。

名前を呼ばれた瞬間、小春ちゃんは強く唇を噛み締めた。

それでも堪えきれず、ぼろりと涙をこぼした。

「……なに言ってるんだか」

笑みを浮かべようとする唇が、わなないている。声は掠れていた。

「弘前さん、菓子職人だって言うくせに、料理はてんでだめだもん。私に任せたほうが、

安心でしょ？」

「味噌汁は作れる。おまえと違って、毎日飯も炊いてた」

「でも、あさりの味噌汁は、じゃりじゃりだったじゃない」

「だから、リベンジするって言ったんじゃねえか。人の話をちゃんと聞け」

二人は汁椀を挟み、小気味よく互いを罵っている。

だが、会話を初めて耳にした俺たちですら、二人が完全に、気を許し合っているのだとわかった。

「だが……」

弘前さんは、箸であさりの身を剥がすと、汁を滴らせるそれを食んだ。

「たしかに、あさりの味噌汁は、小春が作ったほうがいいかもな」

惜しむようにゆっくり飲み込み、しみじみと呟いた。

「うまい」

目がうっすらと、潤んでいた。

「……美味しい？」

小春ちゃんもまた、後から後から、涙を流し続けている。

啜った鼻は真っ赤になっていた。

「弘前さん、美味しい？」

「ああ」

「なら、また食べに来なきゃね」

「ああ」

「何度もお店を借りられないもん。リハビリを頑張って、三階の私の部屋まで、の、上って来なきゃ、だめだよ」

弘前さんが「ああ」と素直に頷くと、小春ちゃんはとうとう、両手で顔を覆った。

「来年も、再来年も……春になったら、あ、あさりのお味噌汁、作ろうね」

弘前さんが、痩せ細った手を伸ばす。

俯いた小春ちゃんの髪を、節くれ立った手で、孫にでもするように、優しく撫でた。

「そうだな」

嗚咽する小春ちゃんと、頭を撫で続ける弘前さん。

二人を包み込むように、汁椀からはまだゆったりと、磯(いそ)の香りを乗せた湯気が漂っている。

俺と志穂は、こっそりと視線を交わし、笑い合った。

もうすぐ初夏に塗り変わる、連休最後の日差しが、店内に降り注いでいた。

ハレの日のさじ加減

神社へと続く住宅街の片隅。

宵闇(よいやみ)の中にふっと濃いピンクの色彩が現れたので、思わず立ち止まって見上げてしまった。ちょうど街灯に照らされる位置で、誇らしげに咲き誇っているのは、河津桜(かわづざくら)と呼ばれる早咲きの桜だ。

三月の上旬、春とも冬とも呼びにくい冷え込みの中、堂々と明るい色を溢れさせる桜に、くっきりと季節を突き付けられた気がして、俺はなんとなく目を細めた。

そういえば、つい先週くらいまでは、自分の吐いた白い息を割るようにして夜道を歩いていたっけ。

なのに、寒さに竦めてばかりいた肩からも、気付けば徐々に力が抜け、ポケットに突っ込んでばかりいた手も、今では悠々とコンビニ袋をぶら下げている。

――がろん、がろん。

先月には身を切るような冷たさだった手水も、握ると掌がひやりとした鈴緒も、緩やかに温度を取り戻していた。

こうしていつの間にか、春は俺の傍にいるのだ。

「そろそろ花見酒の季節ですかねー。でも、ソメイヨシノの開花予想は、まだまだ先だったよな」

ぶつぶつ呟きながら、賽銭箱の横に、最近気に入っている日本酒の四合瓶を置く。春めかしく薄桃色のラベルを貼られた、初しぼりと呼ばれる酒だった。

賽銭箱に置かれた供え物は、これだけだ。

ぽつん、と寂しげに立つ酒瓶に、思わず苦笑が漏れた。

「『神社ブーム』も、短い命だったなあ……」

小春ちゃんの投稿がきっかけとなって、神社に人が押し寄せたのは、もう一年近くも前のこと。

その直前、「てしをや」の客入りがぱたりと落ち着いてしまったように、鳥居をくぐる参拝客もまた、一週間も経つとあっさり、数を減らしていった。

あの頃、砂利にまで溢れた供え物など、今や見る影もない。境内はしんと静まり返り、春風と呼ぶには冷たすぎる夜風が、時折石畳を撫でるだけだ。

だが同時に、無遠慮なシャッター音や、汚れまみれの手水鉢、食べこぼしやポイ捨てされたゴミの姿もなかったので、それはそれでよいことだろうと、俺は結論付けた。

ちなみに小春ちゃんは、あの後も「てしをや」で働いてくれている。

この春、また弘前さんにあさりの味噌汁を振る舞いたいのだそうだ。

店には、すっかり平穏が戻っていた。

「神様ー。お元気ですか？　もう春ですよ。そろそろ一年が経っちゃいますよー」

沈黙が寂しくて、がろんがろんと鈴を鳴らし続けてみる。

だが返答はなく、御堂が光ることもなかった。

そう。

身勝手な参拝客が、好き勝手に境内に押し寄せたあの日から——神様は、俺の前に姿を現すことをやめていた。どれだけ詣でようと、話しかけようと、不思議な声は響かない。おしゃべりなはずの神様の、唐突な沈黙は、「神社ブーム」が落ち着き、賽銭箱の横から扱いにくい供え物が消え、年が一つ巡っても、こうして続いているのだ。

正直なところ、覚悟はしていた。

だって俺たち人間ときたら、この神様に対して、あまりに横柄だ。

祀って、縋って、放置して、廃れさせて。かと思えば、奇跡にあやかりたいなんていう下心で再び神社に押し寄せて、それすらもすぐに飽きて。

神様は、いつの世だって身勝手に願い事を押し付けてくる人間を、どんな気持ちで眺めてきただろう。

なにかと言えば縋り付き、いつの間にか、神様なしには人と連絡を取るのさえ及び腰になってしまった、怠惰な俺のことを、どんな眼差しで見下ろしていただろう。

死人に口なしだと、かつて神様は言った。生きているおまえは、だから自分自身の口で話せとも。縋るのではなく、明確に願えとも。

あのいい加減な神様が、唯一魂に課し、俺にもことあるごとに伝え続けたルール。

それは、「生者は自らの口で語り、自らの足で立て」ということではなかったか。

「……やってみますよ」

反応のない鈴を見上げ、ぽつんと呟く。

魂との交流、そして、小春ちゃんの一件を通じて、俺は学んだ。

手探りであっても、すべてを神様のお膳立てに頼らずとも――自分たちの力で、解決できる物事はあるのだと。

残された人々の心を動かした、死者の言葉。けれどそれは、神様が奇跡を起こしたからだけでなく、彼らが生きている間にこつこつと積み重ねてきた言葉だったからこそ、望む相手に届いた。

大切な相手になにを伝えるでもなく怠惰に日常を過ごし、それで死後、神様が手を差し伸べてくれるかというと、きっと違う。

ハレとケ。

地味で冴えない、けれど大切な日々を、地道に重ねていった人々のもとに、神様は奇跡を授けるのだ。

「俺もいつの間にか、すっかり神様に縋る癖が付いてたから。……これからは、なるべく甘えません」

なんだかご機嫌取りみたいだな、と思いつつ、宣言してみる。

でも本心だ。

神様にはもう、呆れられ、見放されてしまったかもしれない。

今さらなにを、と思われるかもしれないが、できることはやってみる。

だって、ほかでもない神様との交流を通じて、俺はそう学んだのだから。

「また来ます」

次に来るときは、なにを供えよう。

ソメイヨシノの見頃に間に合うならば、やはり日本酒で花見酒としけこむべきか。

いやいやそれとも、目新しさを狙って外国産のウイスキーとか。

一年近くも声を聞かないのは初めてのことで、この沈黙は二年、三年と延長されていくのかもしれないけれど——大丈夫。きっと待てる。

縋り付くのではなく、自らの足でしっかり境内を踏みしめて、「会えたらいいな」と軽やかに願いながら、俺は神様との再会を待てる。

最後にしっかり一礼し、踵を返す。

なんとなく周囲を見回しながら、鳥居をくぐろうとした、まさにそのとき。

――ふぁあああ……。

背後から、それはのんびりとしたあくびが響いた。

人の姿をまとっていたなら、パジャマの裾からぼりぼりと腹でも掻いていそうな、気の抜けた声だ。

ぎょっとして振り返ると、御堂が、光っていた。

――よく寝た。いや、ちと寝すぎたな……。

老若男女（ろうにゃくなんにょ）の区別のつかない、不思議な声の持ち主。

――お？　初しぼり。新酒ではないか。そんな季節か。よい、よい。

供え物に酒を見つけるや、でれっと声ごと相好（そうごう）を崩す御仁。

すなわち。

「神様！」

――おお、久しいな。

酒好きで、いい加減で、妙に現代的。

家を継がぬ次男坊くらいの気安さで、この神社を護る、神様だった。

「久しいな、じゃないですよ！　いやいや、本当に久しいですよ！　もう、これまでどうしてたんですか⁉」

興奮と歓喜が一気に押し寄せ、大慌てで御堂の前まで引き返す。

うっかり、涙まで滲んでしまった。

勢いが付きすぎて、賽銭箱を掴むと、神様は首でも傾げていそうな様子で、「ん？」と答えた。

――いやまあ、先の春に、あまりに境内が騒がしかったのでな。通知を切って昼寝していたら、気付けば冬も終わりに。

「通知ってなんですか、通知って！」

思わず突っ込んでしまう。

だってそんな、参拝の賑わいを、あたかもバズって鳴りやまない通知のように。

しかも、ここ一年音信不通だったのって、怒ったとか失望したとかではなく、昼寝が理由か！

叶うなら肩を揺さぶって耳元で叫んでやりたい、と思うのと同時に、ああそうだ、これこそがこの神様だ、とも思う。

足元からじわじわと喜びが広がっていき、気付けば、唇の端が緩んでしまった。

――そんな、きゃんきゃんと叫ばずともよいではないか。

「そりゃ、叫びたくもなりますよ。さすがにもう見放されちゃったかな、とか、心配しましたし。いや、我慢するとは決めてたけど……」

ぶつぶつと応じると、神様はいかにもきょとんとした声音で尋ねた。

――心配？　心配されるようなことがあったか？

「その……欲望丸出しの、野次馬みたいな人たちが押しかけたり、境内を汚したり」

もちろん俺だって、最初は「なんでもいいから助けてくれ」と欲望丸出しで神社に押しかけた一人だ。ばつの悪さに、もごもごと応じると、神様がふと笑う気配がした。

——人とはそういうものだもの。

ぐうの音も出ない。

——それに、神職は頻繁には来ずとも、境内は都度、清めてもらったように思うが。

「へ？」

——この町の自治会の役員たちが、供え物も下げていたろう？

思いがけない指摘に、俺は大げさでなく目を丸くした。

「え……っ？」

いや、そういえば、あれは神社ブームの最中のこと。

このままでは傷んだ供え物やゴミで、境内が大変なことになってしまうのではないかと、夜こっそり様子を見に来たとき、すでに供え物が下げられていたことがあった。

　てっきり、俺と同じ思いをした善意の人物か——または、俺以外に神様から指名を受けた誰かが、こっそり事に当たってくれたのかと、安堵するような、嫉妬するような思いを噛み締めていたのだが、まさか自治会役員であったとは。

　聞けば、頻繁に神社を訪問できない神職さんに代わり、境内の清掃や、賽銭の管理など一部の仕事を自治会に担当してもらうよう、予め神社と話し合いがなされていたらしい。

「そうだったんですか⁉　神職さん以外が、神社のことに手を出していいの⁉」

　——あくまで、定められた役員に限るがな。不活動神社が増え、神職の手も回りきらない折だもの。仕方ない、仕方ない。

「そういうことなら、もっと早く教えてくださいよ。こっちは、揚げ物なんて供えられて大丈夫なのか、境内で腐ったら神様も嫌じゃないかって、すごく心配したのに」

　——あー。まあ、昔のほうが、そのへんは大らかだったなあ。

　神様曰く、昔から稲荷神社では大量の油揚げが供えられてきたし、熱病を司る神社では、熱冷ましにと豆腐ばかり供えられてきたこともあるから、べつに、傷みやすいものを供えられても困る、といった意識はないらしい。

それに、よしんば供え物が溢れたり、傷んでしまったとしても、境内が荒れてしまわないよう、こうして地域と連携している、とのことだった。

道理で、揚げ物の供え物に眉を顰(ひそ)める俺とは裏腹に、神様は泰然としていたわけだ。

こんなの、慣れっこだったのだ。

「は……」

思わず、その場にへたり込みそうになってしまう。

俺にも原因があると思い詰め、人間の身勝手さに打ちのめされていたけれど、実はとっくに神様と地域の大人たちによって、解決がなされていたなんて。

自分ばかりが肩肘を張らなくても、社会は意外にきちんと機能しているし、神様からしてみれば、俺みたいなひよっこに心配されなくても問題ない。

そんな当たり前のことを突き付けられた気がして、恥ずかしさに身をよじった。

「う、は、恥ずかし……」

——本当におまえときたら……善い男よな。

神様が静かに笑う。

後半部分は、夜風が梢(こずえ)を渡る音に紛れてしまったが、たぶん「馬鹿だなあ」みたいなことを言ったのだろう。

「うわあ！　悔しい！　なんだ、このしてやられた感！　掌の上で転がされてる感！」

――神だもの。

「孫悟空(そんごくう)を掌に載せるのはお釈迦(しゃか)様ですよね⁉」

地団駄を踏んで言い返すが、神様は「はて」なんて呟き、のらりくらりとするばかり。

ああ。気付けばもう、いつもの応酬だ。

――もう春なのだなあ。よし、花見酒だ。いやしかし、まだ満開とまではいかんな……待てよ、月見酒という手がある。それだ。今宵は月見酒だ。

月が満ちる。やがて欠ける。季節が巡り、時は進む。

思いがけず訪れる、晴れやかなひとときに目を細めながら、他愛のない「いつも」を、こつこつと積み上げてゆく。

「……じゃあ今度は、ソメイヨシノが満開になった頃に、また日本酒を持ってきますよ。正真正銘の花見酒だ」

御堂に向かって申し出ると、神様は、感激というほどでもない、けれど少し弾んだ声で、

——うむ。

とだけ頷いた。

がろん、がろん、と、満腹そうな鈴の音がする。

御堂を見上げる俺の頬を、夜風が撫でた。

こうして俺たちは、大切な相手との約束を、そっと日常に織り込んでゆく。

双葉文庫

な-42-05

神様の定食屋❹
ハレの日のさじ加減

2023年11月18日　第1刷発行
2024年11月 6 日　第4刷発行

【著者】
中村颯希

【発行者】
島野浩二
【発行所】
株式会社双葉社
〒162-8540 東京都新宿区東五軒町3番28号
[電話] 03-5261-4818(営業部)　03-5261-4851(編集部)
www.futabasha.co.jp(双葉社の書籍・コミックが買えます)
【印刷所】
中央精版印刷株式会社
【製本所】
中央精版印刷株式会社

【フォーマット・デザイン】
日下潤一

ISBN978-4-575-52710-0 C0193
Printed in Japan